가난뱅이인 내가

내가 나를 사랑해

그리고 당신이 당신을 사랑해야 하는 이유

내가 나를 사랑해

초판 1쇄 발행 | 2019년 1월 28일

지은이 | 이호재
펴낸이 | 공상숙
펴낸곳 | 마음세상

주 소 | 경기도 파주시 한빛로 70 515-501

출판등록 | 2011년 3월 7일 제406-2011-000024호

ISBN | 979-11-5636-302-6 (03810)

원고 투고 | maumsesang@nate.com

ⓒ이호재, 2019

*값 13,000원

* 마음세상은 삶의 감동을 이끌어내는 진솔한 책을 발간하고 있습니다. 참신한 원고가 준비되셨다면 망설이지 마시고 연락주세요.

이 도서의 국립중앙도서관 출판예정도서목록(CIP)은 서지정보유통지원시스템 홈페이지(http://seoji.nl.go.kr)와 국가자료종합목록시스템(http://www.nl.go.kr/kolisnet)에서 이용하실 수 있습니다. (CIP제어번호 : CIP2018042343)

내가 나를 사랑해

이호재 지음

마음세상

들어가는 글

나는 부자가 아니다. 그렇다고 보통의 평범한 사람들하고 어깨를 나란히 할 수 있는 사람도 아니다. 금전적으로만 말하면 그렇다는 이야기다. 부자는 아니지만 행복한, 사람이다. 눈을 뜨면 또 다른 하루가 즐겁다. 그리고 설렌다. 하루 하루가 행복한 사람이다.

나는 결혼 23년 차 가장이다. 내 나이 고작 마흔셋이다. 아내의 나이는 서른 일곱 살이다. 사람들은 말한다. 아내가 몇 살에 결혼한 것이냐고? 그럼 난 말한다. 내 나이 스물한 살에, 열다섯 아내를 만났다고 말이다. 그럼 한결같은 대답이 돌아온다. "도둑놈"이라는 말을 한다. 상식적으로 생각하면 그 대답이 정상일 수 있겠다.

어린 신랑과 신부를 보통 사람들은 "리틀부부"라는 단어를 쓴다. 내가 아내를 만났을 땐 그런 단어가 존재하지 않았다. 난 가난하다. 배운 것이 없고, 특별한 기술도 없다. 외벌이로 오롯이 23년째 일을 하고 있다. 큰아이가 스물두 살이다. 둘째가 스무 살이다. 거기에 늦둥이 이자 막둥이가 열두 살이다.

내가 돈이 없는 것이 정상적인 것이다. 가난한 것이 자랑은 아니지만, 그렇다고 해서 부끄럽지 않다. 남들처럼 살아보고 싶었고, 심지어 부자가 되어 보는, 꿈도 꾼 적이 있다.

남들처럼 살아보고 싶어 했더니, 짜증이 났다. 아무리 열심히 살아도 안 된다는 생각을 하니 불행하다는 생각을 했다. 불행한 사람이라고 생각을 하니, 우울해졌다. 그리고 세상을 원망하면서 살았다. 뒤늦은 나이 서른 살이 다 될 무렵 나는 술을 배웠다. 그리고 알코올중독으로 살고 있다. 병원에서 진단을 받은 건 아니지만, 13년을 한 결같이 매일 소주 2병 에서 3병을 마신다. 그럼 알코올 중독인 것이다.

보통의 여성이 대학을 졸업하고, 취업도 해보고 또 연애 하고, 결혼한 정상적인 부부들도 처음 아이를 출산하면 당황하고, 힘들어한다. 하물며 열여섯 살에 출산을 한 아내는 얼마나 당황을 했으며 또 힘들어했을까? 더 말을 안 해도 될 것 같다. 준비가 안 된 엄마, 아빠에게 태어난 아이가 올바르게 성장을 했다면 좋았겠지만 그건 우리 부부의 욕심인 것이다. 내 딸은 지금도 내면의 상처가 있다. 치료하면 된다. 아픔이 있는 것이 어쩌면 더 정상적인 것이니 괜찮다.

어느 날 문득, 사람이 죽으면 어떻게 될까? 하고 생각해 본 적이 있다. 대수롭지 않은 질문을 스스로 던지고, 대답을 스스로 할 수가 없었다. "어떻게 되긴 끝이지!" 이 말을 할 수가 없었다. 억울했기 때문이다. 대체 사십 년간 내가 한 것이 뭐가 있다고? 끝? 매우 억울했다.

그러면서 세상을 또 원망했다. 내가 나를 스스로 무너트리고 한동안 헤어 나오질 못했다. 그렇게 마흔 앓이도 했다. 마흔 앓이가 끝나갈 무렵 "지금 죽는 것이 아니잖아? 그럼 억울하게 안 살면 되지?' 하면서 끝을 낼 수 있었다.

먼저 현실을 받아들였다. 그리고 인정했다. 내가 가난한 것이 정상이라는 걸 인정했다. 돈이 많은 부자가 안 될 것도 인정했다. 인정하니 마음이 편안해졌다. 성공의 끝은 부자라고 생각했던 내가 마음을 고쳐먹었다. 부자는 될 수 없지만, 잘 사는 사람은 될 수 있다고 생각했다.

남을 위해 인생을 살았었던 나다. 성공한 자식의 모습을 모친에게 보여주고 싶었다. 부자가 되어서 아내를 호강시켜주고 싶었다. 돈 많은 아빠가 되어서 자식에게 존경받고 싶었다. 그렇게 남들의 눈에 성공한 사람으로 비치고 싶었다. 그 모든 것이 내가 이룰 수 없는 꿈이라 인정을 하고 오롯이 나만을 위해 살아 보겠다고 생각했다. 그것이 나를 사랑한 이유가 되었다.

어떻게 하면 나를 사랑하는 걸까? 생각한 것이 "건강한 몸만들기"였다. 먹고 살기 바쁘다는 이유로 건강을 돌보지 않고 살았더니 '고도비만'이 되어 있었다. 다이어트가 시급했다. 그리고 사랑하는 마음으로 다이어트를 시작했고 약 8개월 만에 30kg 가까이 감량을 할 수 있었다. 온몸이 병 덩어리였을 만큼, 건강 상태가 최악이었던 몸은 일반 사람들보다도 건강이 더 좋아졌다.

직접 겪은 다이어트를 알리고 싶었다. 모든 사람이 힘들어하는 다이어트를 편안하게 내 몸을 사랑하는 마음으로 한다면 더욱 쉽게 배고프지 않으면서, 건강에 도움이 되는 방법을 알리고 싶었다. 그래서 난 다이어트 선생님이 되었다.

그 후 책을 내고 싶었다. 그렇게 출간된 책이 나의 첫 저서인 "다이어트, 상식을 깨다"이다. 그렇게 난 작가가 되었다. 두 번째 글을 쓰려고 한다. 당신도 나처럼 당신을 사랑하고 행복해서 글을 썼으면 좋겠다.

사는 것이 지옥 같았다. 아니, 차라리 지옥이 있다면 그 선택을 하고 싶을 정도로 비참했다.

지금은 나를 사랑한다. 그리고 아내를 사랑한다. 내가 아는 모두를 사랑한다. 난 나 스스로가 삶을 만들어야 한다고 생각한다. 비록 얼마 전에 알았지만 말이다. 내 책을 읽고 삶의 고통 속에 단 한 명이라도 행복한 인생으로 달라질 수 있다면 그것이 내 소명이다.

단 한 명이 당신이었으면 좋겠다.

제1장
난 행복한 남자다

과거 환갑잔치를 했었다. 환갑이 지나면 노인이라 생각했었다. 지금은 환갑이라고 해서 잔치를 하지 않는다. 또 노인이라고 하지도 않는다. 젊은 시절 환갑쯤 되면 사랑하는 아내와 캠핑카를 타고 2년 정도를 대한민국 방방곡곡을 돌면서 자고 싶을때 자고, 먹고 싶을 때 먹으면서, 지난 40년을 되돌아보면서 아내와 이런저런 이야기를 하고 남은 미래를 다시 설계하고 싶었다. 지금은 이혼하는 부부가 많이 있다. 과거처럼 이혼한다고 해서 흠이 되지 않는다. 부부가 40년 이상을 함께 했다는, 그것만으로도 칭찬할 일이라 생각한다. 환갑이되면 우리 부부가 결혼 40주년이 된다.

열다섯 아내,
그리고 스물한 살 남편

결혼하는 이유는 상대방과 함께, 더욱 더 행복한 삶을 살기 위해 선택을 한다. 어떤 부부도 불행을 생각하면서, 결혼하는 사람은 없다. 연애하는 지금보다, 결혼하면 훨씬 더 많은 행복한 삶을 꿈꾸기 때문에, 결혼이란 선택을 한다. 행복한 데이트를 하고, 각자 집으로 돌아가는 그 마음이 싫었을 것이다. 더 같이 있고 싶었을 것이고, 또 한 주를 기다려야 하는 마음이 아팠을 것이며, 내 안에 심장을 꺼내 줄 수 있을 만큼, 사랑해서 결혼이란 선택을 했을 것이다. 그것이 사랑이라고 믿었을 것이다.

나는 아내를 사랑하지 않았다. 아내 또한 나를 사랑하지 않았다. 열다섯 나이에 무슨 사랑을 알았을 것이며 스물한 살 나이에 사랑을 알 수 없었다. 그냥 불장난이었다. 그리고 아이가 생겼다. 나와 아내는 그렇게 열다섯 아내가 되었고, 스물한 살 남편이 되었다. 지금으로 말하면 리틀부부다.

2018년 10월 20일 결혼식을 올린다. 이 글을 쓰고 있는 5월까지도, 결혼식을 올리지 못했다. 웨딩홀을 계약하고, 아내의 미소가 번졌다. 23년이나 결혼식이 늦었다. 요즘 아내와 예식 관련 이야기를 자주 한다. 예식 이야기를 꺼내면 아내의 입가에 또 미소가 진다. 아내는 상상만으로, 대화만으로도, 행복해한다.

1996년도에 아내를 만나서 그해 아내와 결혼을 했다. 햇수로 따지면 23년 차 부부다. 서른일곱 살이 된, 아내는 시간이 많은 사람이다. 또래 동갑내기들의 부러움을 한 몸에 받는 사람이다. 아내는, 스물두 살 먹은 아내를 꼭 닮은 큰딸이 있다. 듬직하고 잘생긴 둘째는 올해 스무 살 성인이다. 또 늦둥이이자 우리 뚱뚱하고 곰 같은 막둥이가 열두 살이다. 큰애와 둘째는 독립해서 살고 있다.

남편이 하루에 밥을 세 번 먹으면 "삼식이"라고 한다. 아내의 남편은 여러 가지 일을 한다. 책을 읽고, 글을 쓰는 작가다. 또 다이어트 일을 한다. 거기에 직장도 다닌다. 그렇다고 부자는 아니다. 하루 한 번 밥을 먹으면, 많이 먹는 사람이다. 심지어 작업실에서 날을 새면서 일을 하기도 한다. 집에 아내의 손길이 많이 가지는 않지만, 굳이 있다면 막둥이 하나뿐이다.

요즘 여자들 "제주 한 달 살이"를 버킷리스트에 담는 경우를 종종 본다. 아내는 본인이 하고 싶으면 지금 당장 할 수 있는 사람이다. 게스트하우스 한 달 계약하고, 느리게, 느리게 천천히 구경하고, 먹고 싶은 것을 급하지 않게, 먹을 수도 있는 사람이다. 아내는 직장을 다니지도 않는다. 굳이 생활비가 필요해서 돈을 벌, 필요도 없는 사람이다.

자기 발전을 위해, 배우고 싶은 것이 있다면, 얼마든지 해도 된다. 아내는 돈보다 더 중요한, 시간이 많은 사람이다. 보통 서른일곱 살, 주부들이 감히 상상도 할 수 없는 일이다. 그들이 비록 돈은 우리 부부보다 더 많을 수도 있겠지만,

그 사람들은 시간이 없다. 손가는 사람이 많아서 "제주 한 달 살이"는커녕 하루만이라도 혼자만의 시간이라도 있으면 하는 사람들이다. 하지만 내 아내는 아무렇지도 않게 할 수 있는 사람이다. 부자는 아니지만, 그 정도 경비는 내가 줄 수 있다.

요즘은 서른 살 여자에게 노처녀라고 하지 않는다. 이미 결혼 평균 연령이 서른을 넘긴 지 오래다. 보통이 서른이 훌쩍 넘어 결혼한다. "전투 육아" 또는 "독박 육아"라는 소리를 한 번쯤 들어봤을 것이다. 어린아이 때문에 잠은 설치고, 아침에 다크서클이 턱까지 내려와 무거운 몸을 이끌고, 남편을 깨워 배웅한다. 컨디션이 좋으면 아침을 줄 때도 있지만, 대부분 우유 한 잔 건네는 정도다. 남편에게는 미안하지만, 내가 죽을 것 같아서 상관없다.

일어나지도 못하는, 어린아이를 어린이집에 보내고 나면, 그때야 아침 대신 커피 한잔하면서 한숨 돌리고 집안일을 하거나 맞벌이를 한다. 앞으로 15년 이상만 더하면, 편안하게 살 수 있다.

과거 내가 늘 비교했던 "남들"은 이런 내 아내를 부러워한다. 하나도 부러워할 필요가 없다고 먼저 말하고 싶다. 아내는 시간이 많아도 그 시간을 어떻게 써야 할 줄도 모른다. 남들 다 있는 운전면허도 없다. 면허를 따기만 하면 차를 사준다고 이야기한 적도 있지만, 아내는 시도조차 겁이 나서 못 하고 있다.

아내는 바보가 아니다. 어떤 사람보다 똑똑한 여자다. 초등학교까지만 나왔어도 그 누구보다 똑똑하다. 나 또한 고등학교 간신히 졸업했지만 유명한 대학을 나온 사람보다 못 살고 있지 않다.

내 직업은 "작가"다. 사람들은 나를 "작가님"이라고 부른다. 나의 또 다른 직업은 "다이어트 선생님"이다. 나를 선생님이라고 부른다.

배움에는 종류와 차이가 있다. 학교를 더 많이 다녔다고 해서, 똑똑한 건 절대 아니다. 공부를 잘했다고 해서 똑똑한 것도 아니다. 저마다 사람에게는 각자 자신이 잘하는 것이 있다.

나보다 더 많이 배운 사람들이, 나보다 더 돈이 많은 사람이, 나에게 "대단하다"라고 칭찬을 한다. 아내 또한 아직 시도를 못해서 그런 것일 뿐, 머리가 나쁘거나 바보가 아니다.

아직 아내는 혼자서 무얼 할 줄 모른다. 안 해 봤으니 못하는 것이, 당연하다. 반대로 나는 어렸지만 한 가정을 이끌어야 한다고 생각했다. 배운 것도 없고, 특별한 기술도 없던 사람이 카드빚까지 진 상태에서 신용불량자였다. 당시 철딱 서니라 고는, 하나도 없었다. 하지만 아이를 낳고 양쪽 집에서 어떤 도움을 받기가 어려웠으니, 난 잠을 자는 것을 포기하고 일을 하면서, 한 여자의 남편으로, 세 아이의 아빠로, 가난했지만 한 가정을 이끌어야 했다.

덕분에 난 젊을 때부터 리더십이 남달랐다. 생각하는 것이 일반 사람들하고 차원이 달랐다. 책을 읽어 본 적도 없던 내가, 또 글이라고 써본 적은 더더욱 없던 내가, 내 이름으로 된 책을 세상에 나오게 했고, 지금 두 번째 글을 쓰고 있다. 맞춤법도 모른다. 띄어쓰기조차 모르는 나다. 그럼에도 불구하고 마음먹으면 어떤 일이든 한다. 물론 나뿐만이 아니고 세상 모든 사람이 마음만 먹으면 어떤 일이든 할 수 있다.

그걸 알리기 위해 내가 글을 쓰는 이유이고, 당신도 이 글을 읽고 마음먹은 대로 행복하게 살았으면 한다. 열다섯 아내가 무엇을 할 수 있었겠는가? 열다섯 살이면 중학교 2학년이다. 중 2병 이란 소리를 들어봤을 것이다. 그 중학생이 내 아내였다. 돈 관리를 해봤을 것도 아니고, 아이 키우다 보니 일을 할 수도 없었다. 세상 밖이 무서워서 나에게 시집을 온 아내가, 나이를 더 먹었다고 해서 쉽게 세상 밖을 나가기 두려워하는 것이다. 할 수 없어서 못 하는 건 당연하다. 그걸 불쌍하다고 가엽다고 하지 않는다.

할 수 있음에도 불구하고 못 하는 건 매우 안타까운 일이다. 나는 바쁘게 산다. 바쁘게 사는 이유가 있다. 자식은 부모의 영향을 많이 받는다고 한다. 아내가 내 영향을 받기 바라는 마음이 없지 않다.

내가 열정적으로 행복하게 산다면 아내도 그런 마음이 들 수도 있을 것 같아서 분위기를 만들려고 한다. 강제로는 할 수가 없다. 강제로 행복하게지내라고 해도 행복한 건, 불가능하다.

"나도 행복할 수 있을까?" "나도 할 수 있을까?" 하는 마음이 들게끔 분위기를 조성하면서 기다리는 것이 현명한 판단이라고 생각했다.

내가 살아봤다. 그리고 느껴봤다. 인생은 아픔이고 그 안에서 성숙해질 수 있다. 그러니 아프다고 해서 아파할 필요가 없다.

아이가 아이를 낳았다

한강공원을 태어나서 딱 한 번 가봤다. 다시는 갈 일이 없을 것이다. 6년 전 여름 아내와 둘이 처음이자 마지막으로 한강 데이트를 한 적이 있다. 바다를 좋아하는 나로서는 왜 그 많은 사람이 한강을 갔는지 이해 할 수가 없었다. 서울은 주차하기도 어려울 것 같아서 대중교통으로 한강을 갔다.

집에서 수원역까지 버스를 타고 기차로 갈아타서 영등포역에서 내려 택시를 타고 한강공원까지 갔다. 다시는 갈 일이 없을 것 같다고 하는 이유는 복잡한 한강을 가나 가까운 바다를 가나 시간이 별 차이가 없기 때문이다.

심지어 강릉을 가도 시간은 비슷할 것이다. 줄 서서 치킨을 사고 캔 맥주를 사서 아무 곳에서 앉아 대화도 없이 한강을 보면서 먹기만 했다. 당시만 해도 아내와 나는 데이트해본 적 없다. 먹고살기 바쁘다는 이유도 있었지만, 데이트 해본 경험도 없으니 어색하기만 했다. "고기도 먹어본 놈이 잘 먹는다."라는 말이 있듯 우리도 같다. 말없이 먹다가 다른 사람은 무얼 하고 있나 궁금했다.

텐트를 친 사람도 보였고, 돗자리를 펴서 누워있는 사람도 보였다. 그들의 얼굴은 웃고 있었다. 우리 부부만이 심각한 표정을 하고 있었다. 연인들은 한창 좋아할 나이라서 그럴 수 있겠다. 이해했다. 나이로 만으로 따지면 우리 부부도 그들과 비슷한 나이다.

6년 전이면 아내 나이 불과 서른한 살이다. 연인 중에 서른이 넘은 사람이 한두 명이였겠는가? 아내는 왜 웃지 않았을까? 웃는 법을 잊어서 그랬을 것이다. 아니면 이곳에서 데이트가 끝이 나면 또 일상으로 돌아가야 한다는 생각을 했을 수도 있겠다.

아이 두 명을 데리고 와서, 작은 텐트를 치고 있는 가족이 있었다. 아빠는 아이와 놀아주고 엄마는 그 사이 과일과 도시락을 준비한다. 온 가족이 행복한 웃음으로 도시락을 먹고, 쉬고 놀고 했다. 나도 가족이 있다. 내가 사는 가정이랑 내가 본 가정의 표정이 달랐다. 저들은 많이 놀아봤을 테고, 가족끼리 여행도 같이했을 것이다. 그래서 익숙한 삶이 표정으로 나타난 것이다. 하지만 우리 가족은 단 한 번도 여행을 같이 한 적도 없었고, 아내와 나 또한 데이트를 해본 적이 없었기 때문에 그 삶이 익숙했을 것이다. 그것이 우리 가족이 웃지 못하는 이유였을 것이다.

6년 전, 지금 내가 다니고 있는 회사를 입사한 해다. 당시 월급이 세금을 제하면 170여만 원 정도 받았을 때다. 그 월급으로, 열여섯 큰딸과 열네 살 둘째, 여섯 살 막둥이 이렇게 다섯 식구가 생활해야 했으니 1만 원짜리 치킨을 먹고 싶어도 생각하고 또 생각해서 두어 달이 지나서야 먹일 수 있을 정도로 가정형편이 아주 어려웠다.

몇 달에 한 번 큰마음 먹고 겨우 한강공원을 갔었음에도, 웃으면서 데이트를 못 했던 이유는 아마도 몇 만원을 쓰는 것조차 신경이 쓰였을 것이다. 치킨 한 마리를 한강에서 아내와 먹었을 때 나도, 또 아내도 집에 있는 세 명의 아이가 이내 가슴에 걸려 무슨 맛인지조차 알 수가 없었으니 즐거운 데이트가 될 리 없었다.

대한민국 부모님들은 다른 나라에 비교해 교육열이 무척이나 높은 편이다. 하지만 우리 부부는 세 명의 아이 중 어떤 아이도 학원에 보내 본 적이 없다. 나도 부모다. 아내 또한 부모다. 어찌 내 자식 더 가리키고 싶은 마음이 없었겠는가? 현재 큰딸은 스물두 살이다, 또 둘째는 스무 살이 되었다. 모두가 대학교에 다니는 나이다. 하지만 두 명 모두 대학을 보내지 못했다.

170만 원으로 먹고살기도 어렵다. 월세를 내고, 밥과 형편없는 반찬을 먹어야 한 달을 버틸 수 있었다. 그러니 어찌 학원을 보낼 수 있겠는가? 다행히 중학교 때는 의무교육이라서 별도로 수업료를 내지 않아 얼마나 다행인지 모른다. 아마 수업료가 있었다면 아이들은 중학교도 못 나왔을 것이다.

1997년 10월 04일 열여섯 아내가, 첫아이를 출산한 날이다. 아이는 태어나면 한 살을 먹는다. 큰애와 엄마는 열다섯 살 차이가 난다. 한참 중학교 다니면서 응석을 부리고 부모님의 사랑을 독차지하면서 살아야 할 나이에 아내는 엄마가 되었다.

TV를 시청하거나, 육아 관련 책을 읽으면 육아가 힘들다고 말한다. 솔직히 나는 육아가 왜 힘이 드는지 모른다. 아이를 키워 본적도 집안일도 해본 적이 없는 그런 나쁜 아빠이자 나쁜 남편이다. 첫아이 기저귀를 갈아주거나 안아준 적도 없다. 해본 적이 없기 때문에 모른다. TV에서 나오고, 육아 관련 책을 쓴 사람은 적어도 우리 부부가 그렇게 부러워하던 "남들"인데도 불구하고 육아를 힘들어한다.

배울 만큼 배웠고, 취직도 했을 만큼 성실한 사람인데도 불구하고 육아를 힘들어하는 경우도 있다. 물론 어디서 애를 낳고 키워봤다면 좀 더 수월했을지도 모른다. 그들도 엄마가 되는 건 처음이니 힘들다고 하는 것이고, 아이와 함께 엄마들도 같이 성장하는 것이 맞다. 열여섯 아내는 그들이 상상하는 것 이상, 무엇을 상상해도 현실은 더 많이 힘들다. 아내도 힘들었겠지만, 내 딸도 힘들었을 것이다. 물론 나 또한 힘들게 살았다.

못 배우고 어린 사람이 돈을 최대한 많이 벌 수 있는 방법이 딱 하나 있다. 잠을 포기하면 된다. 남들 하루 열 시간 일할 때, 스무 시간 일 하면 두 배로 벌수 있다. 내가 그렇게 살았다. 아이를 안아주거나 기저귀를 갈아주고 싶어도 하루 세 시간도 채 못 자는 사람은 그런 것 또한 소원이다. 한 가지 직장에서 일 한다는 것만으로 얼마나 큰 행복인 줄 아는가? 직장동료 퇴근할 때 다른 곳으로 가서 새롭게 일을 한다는 건 비참한 일이다.

하루 잠을 세 시간씩 일주일만 해봐라. 머리가 깨질듯한 고통이 온다. 난 그일을 십 년 가까이했었다. 돈이 없어서 아이를 학원에 보내지 못하는 것이 뭐가 문제인가? 돈이 없어서 대학을 보내지 못하는 것이 뭐가 문제인가? 난 지금도 가난하다.

열다섯 그리고 스물한 살 두 사람이 23년째같이 살고 있다. 돈이 없는 것이 정상인가? 부자인 것이 정상인가? 묻고 싶다! 물론 나 또한 현실을 인정하고 산지 얼마 되지 않았다. 6년 전 회사를 입사했을 때 아내를 원망하면서 살았다. 그렇게 가정형편이 어려운데 왜 사지 육신 멀쩡한 사람이 저렇게 집안에서 먹고 놀기만 하면서 불평불만을 하는 것이 너무나 짜증이 났고. 미웠다.

그 미움으로 인해 나 자신이 너무 아팠다. 남을 미워해 본 적이 있는가? 한번도 없다고 하면, 부처님일 것이다. 사람은 세상을 살아가면서 어떤 누구라도 한 번은 미워한 적이 있다. 남을 미워하는 순간 계속해서 화가 나고, 미칠 것 같을 것이다. 그러면서 복수를 하겠노라 다짐도 하고 그랬을 것이다. 시간이 지나도 화가 가라앉지 않는다. 하지만 그 상대방은 그 사람을 생각하지 않는다. 본인이 어떤 행동으로 인해 그가 상처를 받았는지조차 모른다. 미워하면서 살아봐서 누구보다 잘 안다. 남을 미워하고 원망을 하면 나 자신이 가장 슬픈 일이 된다.

아내가 왜 일을 안 했을까? 이해하려고 애를 썼다면 적어도 나 자신이 아프지는 않았을 텐데 말이다. 당장 내가 짜증이 난다고 아내를 원망해도 결국 더 큰 상처가 내 곁으로 왔다. 살면서 미운 사람이 생기거든, 짜증을 내거나 원망을 하기보다 그 사람이 왜 그렇게 했을까? 하는 이해를 먼저 하면, 적어도 내가 덜 아프다. 생각이 다르다고 해서, 무조건 본인의 의견이 맞다고 생각하지 마라.

상대방은 당신으로 인해 아플 수 있다.

서른 살
그리고 알코올 중독이 되다

나는 알코올 중독자다. 이십 대에는 술을 많이 먹는다. 나는 그 시절 술을 먹지 않았다. 아니 먹을 수 있는 시간이 없었다. 하루 세 시간만 자면서 일하는 사람은 술을 먹을 시간이 없다. 새벽 1시부터 7시까지 신문 배달 500부를 마치고 난 후 그 오토바이를 그대로 타고, 지게차를 타러 가야 했다.

신문을 구독해서 보는 인구가 점점 줄어드는 시기였다. 배달하는 만큼 배달료를 받았으니, 급여가 점점 줄어드는 시기였다. 에어컨을 만드는 회사에서 지게차 운전을 했는데 그 사업부마저 다른 곳으로 이전을 한다고 했다. 다른 곳을 알아볼까? 생각도 했지만, 수입이 되지 않을 것 같아서 고심을 거듭한 끝에 장사하기로 결심을 하고, 있는 돈 없는 돈을 모조리 끌어모았다. 물론 큰돈은 아니었지만, 배달 장사 정도는 할 수 있었다.

지금도 자영업자의 수는 크게 늘고 있다. 당시도 지금과 별반 다르지 않았다. 폐업하는 비율도 그때나 지금이나 별반 다르지 않게 수없이 많다. 그만큼 장사로 돈 벌기가 어렵다는 뜻이다. 처음 장사를 구상하고 시작을 하면서, 대부분의 사람이 대박을 한두 번 꿈을 꾼다. 오픈도 하기 전에 "난 시작하면 망할 거야."라고 생각하는 사람은 단 한 명도 없을 것이다.

하지만 내 입장은 그들과 달랐다. 장사하면서, 부자가 되고 싶다는 막연한 생각을 한 적이 있지만, 장사를 시작하기 전에는 단 한 번 도 그렇게 생각하지 않았다. 당시 지게차 운전을 해서 150만 원을 벌 수 있었고, 신문 배달을 해서 100만 원을 벌 수 있었다. 250만 원이 총수입이었다. 스물일곱 살부터 스물아홉 살까지 그렇게 살았다. 14년 전이 스물아홉 살이다. 250만원 이면 적게 버는 돈이 아니다.

14년이란 세월이 지난 지금도 스물아홉 살이 벌기 힘든 돈이다. 2018년도 최저시급이 대폭 올랐음에도 불구하고 7,530원에 불과하다. 월급으로 환산하면 160만 원도 채 되지 않는다.

내가 처음 장사를 하기 전에 했던 생각은 300만 원만 벌면 된다고 생각했다. 물론 잘못된 생각이다. 두 가지 일을 할 적에는 나 혼자 외벌이를 했다. 장사 할 때는 아내와 함께 맞벌이를 했다. 결국, 아내를 이용해서 직전 월급보다 낫다고 생각을 했다는 것은, 나 편해지자고 한 생각이었고, 결국 행동으로 이어졌다.

돌이켜 생각해보면 당시 장사를 하지 않았다면, 지금의 아내와 내 딸은 정신적으로 건강이 지금보다는 나쁘지 않을 것 같다는 생각을 한다. 사람은 하고 싶은 일을 하면 행복하다. 하고 싶지 않은 일을 억지로 한다면 매우 불행할 수도 있다. 하지만 대부분의 사람은 본인이 원하는 일을 하지 않음에도 불구하고, 행복하다고 생각을 하지는 않겠지만, 그렇다고 불행해 하지도 않는다.

　대부분의 사람은 하기 싫지만, 인정을 하기 때문에 받아들일 수 있는 것이다. 우리가 살면서 가장 흔히 하는 말 중 하나가 "좋아서 하나요? 먹고 살라고 하니 어쩔 수 없이 하는 거죠!"라고 말을 한다. 지금 내가 가진 것에 할 수 있는 일을 하는 것이니 슬퍼하거나 아파할 이유가 없는 것이다.

　오히려 삶이 다람쥐 쳇바퀴 돌듯 지루한 삶이 다 보니 소소한 행복도 느낄 수 있기에 우리가 웃으면서 살아갈 수 있는 이유가 되기도 한다. 아무리 돈이 많은 사람이라도, 또 본인이 행복하다고 느끼는 사람도 매일 하루 24시간 계속해서 웃을 수는 없는 일이다.

　일반적인 사람들은 학습을 통해 배웠다. 그리고 그들은 삶 속에서 꿈을 꾸면서 사는 사람들이다. 비록 지금은 형편이 이렇다 보니 어쩔 수 없는 일을 하지만, 노력한다면 머지않아서 꿈을 현실로 이룰 수 있다고 생각할 것이다.

　서두에 말한 것처럼 "나는 알코올 중독이다." 내가 알코올 중독이라고 병원에 가서 진단을 받은 것은 아니지만, 내가 생각해도 또 누가 봐도 알코올 중독이 맞다. 왜냐? 매일 하루도 거르지 않고 마시기 때문이고 술을 먹지 않는 날에는 날밤을 새우기 일쑤다. 그러니 알코올 중독이 맞지 아니한가? 물론 알코올 중독 병원 가면 아니라고 할 수도 있겠다. 대부분의 알코올 중독자들은, 본인이 알코올 중독이라고 말하지 않을 수 있는 데 반해 나는 알코올 중독이라고 말하니 혹시 진단이 안 나올 수도 있겠다.

　사람은 학습을 통해서 발전도 하고, 나쁜 길로 빠질 수도 있다. 좋은 것은 배우기 어려우나, 나쁜 것은 금방 익히는 것이 사람이다. 영어를 배우기는 어려우나, 게임을 배우기는 쉽다. 사람은 익숙해지는 동물이다. 트라우마가 한번 생기면 빠져나오기 어렵다. 그것이 사람이다.

술을 타인하고 먹으면서 술자리를 즐기면서, 학습했다면 나 또한 알코올 중독이 되지 않았을 수도 있다. 서른에 장사를 하면서 가장 좋은 점은 잠을 6시간은 잘 수 있었다. 두 가지 일을 할 때 비하면 두 배는 오래 자는 것이니 덜 피곤하고 좋았다. 하지만 라스트 오더를 받고, 그릇을 회수하고 설거지를 끝으로 마무리가 되면 뭔가가 허전했다. 그렇게 한 잔, 한잔했던 것이 지금의 내가 술을 마시는 습관이 된 것이다.

자정이 넘어서 어떤 사람과 같이 술을 먹을 수가 없었고, 대부분 조용히 혼자 마시기 시작한 것이 지금도 혼 술을 하는 이유와 같다. 일마치고 씻고 하루를 마감하는 과정에서 술을 마시는 것이 지금도 좋다. 하지만 나쁜 습관이다. 반드시 고쳐야 할 습관이다. 의지가 약하다는 핑계로, 잠을 못 잔다는 핑계로 지금도 마시고 있다.

사람들은 내게 말한다. 이렇게 의지가 약한 당신이 "다이어트"를 성공했다는 것이, 그저 신기하고 또 책 한번 읽지 않은 당신이, 어떻게 작가가 되었는지 신기하다고 한다. 난 신기하지 않다. 그냥 당연하다고 생각한다. 아니 확신한다. 다이어트를 하고 싶었다. 그래서 했다. 책을 읽어보지 않았지만, 많은 사람에게 "다이어트"를 말하고 싶었고, 알리고 싶었다. 또 "다이어트" 책이 실제로 출간이 되니 또 알리고 싶었다. 나 같은 이런 놈도 책을 썼다고 알리고 싶었다. 이것이 내가 글을 쓴 이유다.

글을 쓰는데 이유가 있나? 그냥 쓰고 싶다는 생각을 했을 뿐이고 행동으로 옮긴 것뿐이다. 무엇 때문인지는 모르겠지만 아직은 "금주"를 하고 싶은 생각이 없다. 물론 일주일에 두 번 정도로 마시고 싶다는 생각을 한 적도 있지만, 지금은 때가 아니라고 생각했다.

과음한 다음 날 만약에 내가 일상에 지장을 주었다면 당장 마시지 않았을 것이다. 과음하던 하지 않던 아침에 눈을 벌떡 뜬다. 간 수치도 정상인보다 좋다. 물론 뚱뚱할 때는 좋지 않았다. 술보다 비만이 간 건강에는 안 좋은 것 같다.

리틀부부로 산다는 건 장점이 있고 단점도 있다. 장점부터 말하자면 나이 마흔만 되어도 또래의 삶과 매우 다른 인생으로 산다. 첫째는 돈이 그렇게 많이 들지 않는다. 두 부부만 먹고살 만큼만 벌어도 되기 때문이다. 둘째는 시간이 많다. 주말에 놀아줄 아이가 없다. 오히려 같이 여행을 가자고 해도 같이 가기를 꺼린다. 셋째는 아내와 금실이 좋다. 맛집을 찾아가서 맛있는 음식도 먹을 수 있고, 극장에 가서 영화관 데이트도 할 수 있다. 넷째는 꿈을 가질 수 있다. 하고 싶은 일이 있다면 할 수 있다. 공부가하고 싶으면 하면 된다. 또는 나처럼 책을 읽거나 글을 쓸 수 있다. 다섯 번째는 직장에서 정년 눈치를 볼 필요가 없다. 정년이 오기 전 꿈을 찾아 내가 먼저 나갈 테니 말이다.

그럼 리틀부부의 단점은 뭘까? 위에 나열한 장점을 모조리 전부 하나도 빠짐없이 "포기"를 해야 한다. 20년만 포기하고 살면 된다. 포기로 인해 "마음의 상처" 또한 안고 살아가야 한다. 내 아내가 그렇게 사는 것처럼 또 내 딸이 그렇게 사는 것처럼 말이다.

아내와 딸은 내가 알코올 중독이 된 것처럼 삶을 통한 학습을 하지 않았기 때문에 마음의 상처를 얻었다. 하지만 인정을 했고, 삶을 받아들일 것이니, 오랜 기간 아파했던 구렁텅이에서 곧 빠져나오기만 하면 된다.

사람은 아프다. 하지만 치유를 하면 더 큰 힘이 생긴다.

누구나 행복한 과정으로 가는 길이니 괜찮다.

아픈 아이,
그리고 행복해야 하는 아이

작년 겨울 태어나서 처음으로 책을, 처음부터 끝까지 읽어봤다. 책을 한 권을 읽는 데는 세 시간이면 충분했다. 그럼에도 불구하고, 여태 단 한 번도 오롯이 그 세 시간을 내어 본 적이 없다. 바쁘게 살았다. 바빠야 잡념이 없을 것 같아서 나 스스로가 나를 채찍질하면서 살았던 것 같다. 지금도 습관인지 불안인지 모르겠지만, 오롯이 내 시간이 있어도 허전하다.

글쓰기 수업을 대전까지 가서 받았다. 그곳에서 수업을 받을 때도 글을 읽지 않았다. "책을 읽을 시간이 있으면 그 시간에 글을 쓰겠다!"라고 생각을 했기 때문이다. 그곳에서 "강은영 작가" 님을 만났다. 그녀는 이미 "절망에서 웃으며 살아간다."를 출간하신 선배님이다. 무슨 내용의 책인지 물어봤다.

"선배님 어떤 내용의 글이신가요?"

"아이가 아파요 '뇌전증' 환자에요."

난 어안이 벙벙했다. 그녀가 웃고 있었기 때문이다. 그녀가 살아왔던 과거가 궁금했다. 그날 바로 인터넷 서점에서 구매를 하고 책을 읽었다. 책은 그녀의 아팠던 과거도 있지만, 아픈 아이를 아프지 않게 하는 내용이다. 집안에 장애를 가진 가정만큼 행복하지 않은 가정이 또 있을까?

"뇌전증"은 과거에는 "간 질환"이라고 불린 병이다. 정확한 원인이 밝혀지지 않아 난치병에 가까운 병이다. 내 딸이 길바닥 한가운데서 온몸을 사시나무 떨면서 발작을 할 때의 심정은 어떠할까? 또 아이는 본인의 잘못인 듯, 미안해하는 모습을 본 엄마의 심정은 어떠할까? 난 겪어보지도 않았음에도 불구하고, 상상만으로도 가슴이 찢어질 듯 메여와 눈물을 흘리면서 책을 읽었다.

하물며 직접 겪고, 언제 또 그럴지 몰라 불안해하는 가족은 어떠할까? 아이를 키우면서 엄마 또한 아이에게 배운다고 했다. 그녀도 남들과 다르지 않게 세상을 원망하면서 살아도 봤다. 아프다고 해서 아프지 않은 것도 잘 아는 그녀다. 강은영 작가는 말한다. 절망이 불행이 아니라는 것이고, 불행해도 반드시 웃으며 살아갈 수 있다고 말한다. 또한, 그녀는 삶의 목표도 있다. 아픈 아이로 인해, 세상 아픈 아이와 부모들에게, 희망을 주고 용기를 주는 것이, 그녀의 소명으로 알고 글을 쓴다고 했다.

책 한 권을 읽고 한동안 답답했던 마음이 조금은 뚫리는 듯했다. 평소의 잘 웃는 모습으로 살고 있다, 그녀 또한 잘 웃는 모습이었다. 난 거짓으로 웃는 모습으로 살아가는 것에 반해, 강은영 작가님은 진심으로 행복해서 웃는 모습이라 더 밝았던 것이었다. 그녀의 책 한 권으로 인해 나 또한 용기가 생겼다.

"딸에게 대한 진심 어린 사과를 하고 싶었다."

아이가 세 명이 있다. 그중 스물두 살 큰딸이 가장 걱정이 된다. 몸이 아프거나, 그렇다고 정신병원에서 진단을 받은 아이는 아니지만, 정신적으로 아픔이 있는 아이다. 아내가 사회생활을 두려워하듯이 딸 또한 엄마와 다르지 않다. 엄마가 문제가 있어서 그런 것도 아니고, 또 내 딸이 문제가 있어서 그런 것은 아니다. 어릴 때 준비가 하나도 되지 않은 상태에서 임신을 했고, 아이를 출산하면서, 고통을 느낄 새도 없이 육아라는 전쟁이 기다리고 있었기 때문에 지금도 아파하면서 살아가고 있는 이유다.

아내의 잘못도 아니고, 내 딸의 잘못은 더더욱 아니다. 그러니 미안해할 것도 없고, 창피할 것도 없다. 내가 글을 쓰는 이유 중 하나는, 아내가 내 글을 읽고, 아픈 상처를 치유하는 것에 1%라도 도움이 되었으면 하는 마음에서다. 딸도 같은 이유가 있지만, 진심으로 사과를 하려고 글을 쓰는 것이다.

딸에게 많이 미안하다. 본인에 의사와 상관없이 태어난 죄뿐이 없음에도 불구하고, 사랑받고 축복을 받아야 함에도 딸은 그렇게 자라지 못했다. 갓난아이가 태어나서 울고 칭얼거리는 것이 당연한 일이고 부모는 아이를 달래고 사랑을 주면서 이해를 해야 함에도 불구하고, 우리 부부는 아이에게 그렇게 키우질 않았다.

가난하다고 해서 행복하지 않은 가정 또한 있을 것이다. 난 늘 가난했었다. 물론 지금도 가난한 축에 속한다. 하지만 불행하지 않다. 장애를 가진 가정 또한 아니다. 남들에게는 겨우 "마음의 병"이라고 말할 수 있겠지만 내겐 자식이다. 내가 사랑 한번 주지 못하면서 성장한 자식이다. 아내와 애들 밥 안 굶기겠다는 이유로 일을 했다. 그걸 핑계 삼아 사랑은커녕 관심조차 주지 않았으니 아이는 태어나서 제일 먼저 눈치를 배웠을 것이다.

아이가 울면, 열여섯 살 아내도 울었을 것이고, 아내와 아이 모두 사랑을 받지 못했으니 정상적인 정서를 얻지 못했을 것은 자명한 일이다. 우리를 잘 모르는 사람들은 아내를 이해 못 할 것이고, 아이를 이해 못 하는 사람도 많을 것이다. 과거의 나 또한 그랬고 대부분의 사람은 겉모습만 보고 판단을 한다, 하지만 난 그들의 생각들은 상관없다.

겉모습만 보면, 스물두 살 꽃다운 나이에, 방구석에서 게임만 하면서 나오질 않는 딸이 이해를 못 할 것이고, 아내 또한 세상에서 가장 행복하다고 말을 해야 하는 여자가, 세상 밖을 나오지 못하는 것 또한 이해를 못 할 일이다. 타인에게 이해를 받으며 살려고 노력하면서 여태 살았다. 하지만 난 앞으로는 타인의 신경은 쓰지 않고 살 것이다.

내가 지금 가난한 것이 정상적인 것처럼, 아내가 또 딸이 세상 밖을 못 나온다고 해서 비정상적 인 건 아니다. 환경을 조성해 주고 기다려줄 것이다. 강은영 작가님이 한 말처럼 절망이 불행한 건 아니라고 꼭 스스로 느끼게 해줄 것이다.

아픔도 크기가 분명히 있다. 하지만 그 크기 또한 본인 스스로 만든다. 같은 일임에도 불구하고 어떤 사람은 대수롭지 않게 여기지만, 어떤 사람은 스스로 크게 만들기도 한다. 삶의 학습으로 인해 경험을 많이 한 경우, 대수롭지 않게 여길 수 있는 여유가 있지만, 경험이 없는 사람은 당황을, 할 수밖에 없다. 처음 아이가 태어나면 육아가 힘들다.

둘째를 출산하면 여유가 조금은 생긴다. 셋째 아이가 태어나면 좀 더 여유도 있다. 우리 집 큰애가 태어났을 때 어린 아내는 육아의 경험이 없었던 것은 물론, 보통의 주부보다 삶의 경험차이가 엄청났으니 당황이 아니고 절망을 했을 수도 있었을 것이다.

세월호 사고가 일어난 지도 어느덧 4년이 되어간다. 그 사고는 아픔이다. 아픈 이유가 인재라서 더 슬프다. 선장이 배를 두고 떠났으니 승객들은 절망했을 것이다. 죽어서도 한이 되었을 것이다. 아이가 성장함에 있어서, 부모는 흔들리면 안 된다. 부모가 흔들리면 아이는 어떻게 해야 할지 더 모른다. 하지만 어린 아내가 흔들렸다. 열여섯 아내는 어떤 판단을 해야 할지 몰라서 흔들린 것이 아니다. 감당하기 힘들었을 것이다. 어떤 결정을 내리는 문제가 아니고, 아이가 아프고 울면서 징징대면 머릿속이 백지장처럼 되었기 때문이다.

그러니 아무것도 모르는 갓난아이가 올바르게 성장을 할 수 있었겠는가? 아이와 엄마는 그렇게 21년을 아파하면서, 세상을 두려워한 것이다. 어릴 때 막연히 행복한 가정을 상상한 적이 있다. 딸 바보 아빠는 딸의 말이라면 뭐든 다 들어준다, 딸은 없는 애교까지 떨면서 용돈을 받아 간다. 자매인지 모녀지간인지 모를 정도로 엄마와 딸은 친구처럼 허물없이 지내는 상상을 한 적이 있다.

지금도 가끔 드라마에서 이런 장면을 보면, 나도 모르게 눈물을 흘리곤 한다. 서두에도 말했지만, 난 잘 웃는 편이다. 사람들은 인상이 좋다고 말한다. 아픔이 있는 사람은 아픔을 감추기 위해 웃는 연습을 한다. 난 한 집안의 가장이다. 가장이 흔들리면 아픈 아내와 딸이 평생을 치유 못 할 수도 있다는 생각을 하면, 내가 흔들릴 수가 없다.

그래도 다행이다. 아내보다, 딸보다 먼저 상처를 치유해서 다행이다. 나를 사랑하면서 아픔이 작아졌고, 책을 읽으면서 남들 또한 아팠다는 것을 알았기 때문에 아픈 건, 어쩌면 당연한 일이라 받아들였다. 또 글을 쓰면서 나를 되돌아볼 수 있어서 아내의 마음, 그리고 딸의 마음을 헤아릴 수 있었다.

내 딸 희정아! 네가 마음의 병이 있는 것은 당연한 일이야! 결코, 너의 잘못이 아니란다. 아프다고 해서 미안해할 것도 없고, 더 울지 않아도 된다. 몇 년 더 늦는다고 해서 조급해할 것 또한 없어. 지금은 세상 밖이 두렵겠지만, 조금씩 용기가 생기거든 한 발, 한발 내디디면 된단다. 너무 조급하게 생각하지 말자. 사랑한다. 내 딸! 너무 늦었지만, 다시 한번 아빠가 사랑을 못 줘서 미안해!

아픈 엄마,
그리고 행복해야 하는 엄마

음식을 요리할 때, 가스레인지에서 음식을 한다. 요즘은 시대가 좋아서 인덕션이라는 것도 나온다. 인덕션의 장점은 여러 가지가 있겠지만 그중 유해물질이 가스레인지보다 덜 나온다고 말한다. 1980년대 초만 하더라도, '곤로'라는 것에 음식을 조리했다. 한쪽에는 곤로(풍로)에서 하고 또 다른 한쪽선 연탄불로 음식을 했다.

방음이 되지 않는 단칸방 넘어 부엌에서 엄마의 칼도마 소리는 내 잠을 기분 좋게 깨워주는 알람시계 같았다. 다시는 들을 수 없는 소리다. 엄마는 마술을 부리는 사람이다. 그 짧은 시간에 요리를 후딱후딱 하는 놀라운 재주가 있다. 그리고 어떤 음식이든 하나같이 맛있다.

요즘 주부들보고 그곳에서 요리를 하라고 하면 기겁을 할 것이다. 석유 냄새

진동을 하는 부엌은 좁아터지고 복잡하기 일쑤다. 단칸방에 부모님과 남동생 우리 네 식구가 살았던 적이 있다. 지금 생각하면 당시에는 살기 힘든 세상이지만, 돌아갈 수만 있다면 다시 그 시절로 돌아가고 싶다. 지금은 나 또한 자식 세 명을 낳고, 아내와 한 가정을 이끌면서, 더욱 행복한 가정을 꿈꾸면서 살고 있다. 그 당시 아빠 또한 그런 생각이 있었을 것이다.

열두 살이던 시절 아빠는 일찍 세상을 등지셨다. 그때 아빠의 나이 불과 서른하고 두 살 때 일이다. 서른두 살이면 지금으로 말하면 젊다 못해, "아이"라고 불릴 수 있는 나이다. 그때의 아빠가 살짝 그립기는 하지만, 그리움 때문에 그 시절로 돌아가고 싶은 건 아니다. 엄마를 닮아서 그런 건지 아니면 우연의 일치인지 모르겠다만, 나 또한 일찍 결혼했다.

엄마하고 나는 열여덟 살, 차이가 난다. 엄마 또한 어린 나이에 결혼했음에도 불과하고, 세상 모진 풍파를 견디면서 살아야 했다. 그 시절 며느리라면 겪었던 시집살이를 했고, 치매 걸리신 시아버지 병간호를 하면서 힘들게 살다가, 우리 네 식구만의 가정을 이끌고, 독립을 한 지도 얼마 되지 않아 아빠는 "뇌출혈"로 투병 생활 후 돌아가셨다. 그 후 엄마는 어린 나와 남동생을 그 연약한 몸으로 가구공장에서 먼지를 뒤집어쓴 채 일해서 반듯하게 우리 형제를 키웠다.

물론 여자 혼자 벌면 얼마나 벌겠는가? 지금도 남녀의 연봉이 차이가 나는 시대인데 30년이 넘은 그 시절은 남자 임금의 절반도 채 주지 않았을 것이다. 그래서 엄마는 죽어라 일했음에도 우리 집은 가난할 수밖에 없었다. 2018년 올해 엄마의 환갑이다. 요즘은 환갑잔치를 하지 않는다. 노인이 아니기 때문에 하지도 않는다. 하지만 엄마의 뼈마디는 노인처럼 아프다. 안 아픈 곳보다 아픈 곳이 더 많을 정도다. 그래서 아빠가 살아계셨던 곳으로 돌아가서, 엄마가 고생을 덜 했으면 하는 마음에 과거로 돌아가고 싶다는 생각을 한다.

어린 시절 남자들도 하기 힘들다는 가구공장에서 십수 년을 일하면서 살았으니, 지금 아픈 것이 당연하다. 세상은 좋아졌고, 볼거리 먹을거리도 넘쳐난다. 수명도 늘어서 이젠 100살을 산다. 먹을 것이 넘쳐 나고, 입을 것이 천지에 널려있어도, 즐기려면 아프지 않아야 한다.

소화가 안 되는 사람에게 아무리 맛있는 음식이라고 말해도 그 사람은 먹지 못한다. 여행 갈 곳이 넘쳐 나도 걷지를 못하면 여행 가기가 불편하다. 백 살을 살더라도, 건강하게 살아야 의미가 있는 것이다. 백 살까지 죽지도 않고 아프게 산다면 그 또한 지옥이 아닐 수 없다.

엄마는 1958년생이다. 베이비붐 세대다. 시대적으로 불행하게 사는 사람인 것 같다. 어릴 땐 찢어지게 가난한 집에 살았고, 시집살이 다 하고, 아이들 대학 뒷바라지에 돈 모으기도 쉽지 않고, 자녀 결혼시키니 손주도 키워야 하고, 참으로 억울한 시대에 태어난 사람들이다. 보릿고개 시절 그저 배만 채우면 되던 시절에 태어났다. 그러니 앞으로는 이 좋은 세상을 즐겨야 하는 세대이다.

이 좋은 세상 그분들이 피와 땀으로 만든 애국자이기 때문이다. 난 하고 싶은 것이 많다. 꼭 이루지 못해도 상관은 없다. 지금도 두 번째 저서를 쓰고 있다. 이 책이 세상의 빛을 보지 못한다고 하더라도 상관이 없다. 난 글을 쓰면서 지난날을 되돌아볼 기회이니 좋다. 바쁘다는 이유로 내 인생을 놓치면서 살았다. 놓쳤던 부분을 다시 채울 기회이기도 하니 좋다. 그래서 글을 쓰면 행복해진다.

하고 싶은 일을 하는 것은 행복한 일이다. 결과는 어떻게 되든 상관이 없다. 과정이 행복하면 그걸로 만족한다. 다이어트 일도 마찬가지다. 한 명의 제자가 다이어트 졸업을 할 때 뿌듯하다. 하지만 더 행복한 일은 그들이 다시는 평생 다이어트로 인해 고통을 받지 않아서 더 행복한 것이다. 꿈이 없는 사람은 죽은 사람과 다르지 않다고 생각한다. 내 꿈은 그토록 찾아 헤매던 내가 이 글을 쓰면서 문득 이런 생각이 난다.

"엄마도 꿈이 있었겠지?"

나처럼 세상 불효자식이 또 있을까 싶다! 본인 스스로는 그렇게 행복을 외치고 타인에게 행복하게 지내라고 그렇게 자주 말하던 난데, 엄마에게 행복하게 지내라고 말 한 적이 한 번도 없다. 또 엄마에게 꿈이 무어냐고 물어 본 적도 없다. 아무리 품 안에 자식이라고 하지만, 해도, 해도 너무 한 것 같다. 엄마도 사람이고 또 여자인데, 무뚝뚝한 장남으로 인해 엄마도 내게 많이 섭섭했을 것이 분명하다. 다른 사람에게는 그렇게 말을 잘 걸고 살갑게 굴면서 엄마에게는 왜 사랑한다고 말을 못 하고 그랬을까? 엄마가 내게 주는 사랑을 당연히 받는 것으로 생각해서 그랬던 것 같다. 아니면 엄마가 젊어서 영원히 늙지 않는다는 생각을 한 것일 수도 있겠다.

과거 지인과의 술자리에서 한 말이 생각난다.

"애들이 몇 살이라고 했지?"

"큰애가 22살, 둘째가 20살, 셋째가 12살이에요."

"큰애가 스물두 살이야? 아내가 젊지 않나?"

"아내가 서른일곱 살이에요! 큰애를 열여섯 살에 낳아서 열다섯 살 차이 납니다."

"이런 도둑놈! 그럼 열다섯 살짜리를 데리고 산 거야? 난 젊은 줄 알았지, 그 정도인 줄은 몰랐네."

"나도 그땐 어렸어요."

"자네 모친은 연세가 어떻게 되나?"

"58년생입니다."

"결혼을 일찍 하는 집안이구먼!"

"아……."

"근데 자네 그거 아나? 자식이 마냥 성장한다고 해서 기쁘지가 않더라."

"네?"

"어느 날 나이를 잊고 살다가, 우리 모친이 어느덧 여든이 넘었더라."

"아이가 나이를 먹으면, 모친도 나이를 잡수더라고. 그래서 이제는 아이들 나이가 보이지 않아. 모친의 나이만 보인다."

부모님은 자식을 위해 무얼 바라고 하지 않는다. 나 또한 내 자식을 위해 죽어라 일을 했다. 적어도 난 내 자식에게 좋은 아빠이던, 나쁜 아빠이던 난 최선을 다했다고 변명이라도 할 수 있다. 하지만 엄마에게는 변명조차 할 수 있는 행동을 한 적이 없다. 거래처와 외부에서 맛있는 음식을 먹을 때면 아내 생각이 났고, 아이들 생각이 났다. 하지만 엄마를 생각해 본 적이 많지 않았다. 지금부터라도 엄마가 어떤 음식을 좋아하는지 알고 싶어졌다.

엄마가 없었더라면 나 또한 없을 것이다. 또한, 내 귀한 자식 세 명도 없었을 것이다. 엄마를 사랑해야겠다!

아프지만 괜찮아
누구나 아파

갓 돌이 지나서 화상을 입은 적이 있다. 다행인지 불행인지 난 기억이 나지 않는다. 어느 날부터 내 왼팔 전체가, 또 왼쪽 허벅지가, 그리고 마지막으로 두피에 화상 흉터가 있다. 엄마에게 물어본 적이 있다. 왜 이렇게 많은 화상을 입었냐고? 하지만 엄마는 얼버무린다. 내게 미안해서 그런 것 같다. 처음 물어본 후 난 알고 싶지도 않고, 엄마가 미안해하는 것이 싫어서 더는 물어본 적이 없다.

내가 지금에 와서 어떤 경로로 화상을 입었는지는 중요하지 않다. 안다고 해서 달라지는 것도 아니다. 물론 성형을 하면 달라질 수는 있을지 모르겠다. 하지만 성형을 하고 싶은 생각은 더더욱 없다. 지금도 따뜻한 봄이 되면 당당히 반소매 옷을 입는다. 하지만 청소년기 시절에는 부끄러워서 한여름에도 긴 팔 옷을 입었다. 하지만 사람들이 내게 그다지 관심을 두고 살지 않는다는 것을 알고 난 후 내 팔의 흉터를 부끄러워 한 적이 단 한 번도 없다.

그 시절에는 화상의 흉터 보다, 친구들의 시선이 두려웠다. 친구들이 내 팔이 징그럽다고 놀리지는 않을까? 생각했다. 스스로 내가 나를 아프게 한 것이다. 우리가 살다 보면 별아 별일을 다 겪고 산다. 그러면서 스스로 본인을 탓하고 아파하고 힘들어하는 경우도 종종 있다. 하지만 잊지 말아야 한다. 대부분의 사람은 나를 신경 써주지 않는다는 것이다.

관심을 안 주니까 우리 스스로 관심을 받으려고 온갖 노력을 한다. 블로그를 비롯해 각종 SNS를 하는 것이고, 예쁜 옷을 입고, 화장하는 이유도 거기에 있다. 다이어트를 정말 건강을 위해서 하는가? 물론 건강을 위해 하는 사람도 있겠지만 90% 이상은 예뻐지려고 한다. 엄청난 노력으로 우리는 관심을 받으려고 노력을 한다.

아내가 세상 밖을 나가는 것을 무서워하지만 아내 또한 관심을 받고 싶어 한다. 아내는 세상인심 좋은 여자다. 집에 작은 것 하나라도 나눠주려고 한다. 그래서 난 슬프다. 무엇을 퍼줘서 돈이 아까워서 슬픈 것이 아니다. 관심을 받고 싶어 하는 과정이 잘못된 것이 슬픈 일이다. 아내는 당당하게 살 수 있음에도 불구하고, 관심을 그런 식으로 받으려고 한다. 23년째 하는 행동이다.

사람들은 나를 작가님이라고 호칭을 한다. 또 다이어트를 하는 제자들은 선생님이라고 한다. 아내는 술에 취하면 내게 입에 담기에도 거북한 욕을 한다. 그만큼 아내는 상처를 많이 안고 사는 사람이다. 남들이 나를 욕해도 아내만큼은 나를 욕하면 안 된다고 생각한다. 남들은 나를 대단하다고 하면서 존경까지 한다. 하지만 아내는 나를 존경하지 않는다. 물론 정신적으로 아직 온전한 사람이 아니라 괜찮다.

난 아내가 내게 욕을 해도 괜찮다. 다른 사람에게 화를 내지 못하는 성격상 아내가 풀 곳은 나밖에 없다고 생각하면 나 또한 마음이 편안하다. 아내가 주취폭력을 저지르는 이유는 매우 간단하다. 마음의 화를 푸는 방법을 몰라서 술 먹고 기억에도 없는 행동을 하는 것이다. 벌금을 수십 차례 내고, 재판을 수차례 받으면서도 고치지 못하는 이유는 아내 마음의 화를 달래지 못하기 때문이다.

아내는 미안하다는 말도 잘하지 않는다. 물론 고맙다는 소리도 하지 않는다. 그런 말을 안 하고 살아서 그렇다. 학교를 정상적으로 다니기만 했어도 최소한 그런 말은 하고 살았을 것이다. 이 또한 아내 잘못이 아니다. 이런 환경에서 자란 내 딸도 세상을 무서워하는 이유가 여기에 있을 것이다. 정상적인 가정에서 자란 아이들 모두가 아픔이 없는 건 아니다. 저마다 하나의 아픔은 있다.

어쩌면 세상 모든 사람은 마음 한구석에 아픈 과거로 인해 상처 하나쯤은 간직한 채 살고 있을 것이다. 행복한 추억이 있다면 반드시 아픈 추억도 있는 법이다. 소중한 추억은 가슴에 담아두고 가끔 생각날 때 웃으면 된다. 하지만 아픔을 가슴에 담아 둘 필요는 없다. 남을 미워했더니 정작 내가 미워한 그는 내가 그를 미워하는 것조차 모른다. 결국, 나 혼자만 아팠다. 아프면 아프다고 말하면 고통은 절반으로 줄어든다.

노트에 펜을 들고, 내가 왜 화가 나는지 적어봤다. 처음에는 분노가 사그라지지 않았지만 계속해서 쓰니 분노가 점점 사그라졌다. 마음에 담아 둔다고 해서 분노가 없어진다면 담아 두면 된다. 하지만 특히 여자들은 남편의 섭섭한 행동조차도 10년 20년 담아두는 걸 본 적이 있다. 그래 봐야 여자만 손해다. 20년 전은 물론 10년 전 남편이 섭섭하게 했던 행동을 정작 당사자는 기억조차 못 한다.

내 안에 아픔이 있다고 해서 아파하지 말고 힘들어하지 않았으면 한다. 아프다고 해서 안 아파진다면 아파하라고 하겠지만, 또 힘들다고 해서 힘이 안 든다고 하면 힘들어하라고 하겠다. 백날을 아파하고 힘들어해서 아무것도 해결되지 않는다. 오히려 아픔과 힘듦이 눈덩이처럼 불어나 결국 절망 속에서 헤어나질 못하는 삶을 살게 될 것이다.

아파할 시간에 "나를 사랑해!"라고 외쳐 보는 건 어떨까? 사람들은 나를 미친 사람이라고 생각하는 사람도 많이 있다. 어느 날 경마장을 다녀와서는 경마 전문가가 된다고 하더니 되었고, 어느 날 다이어트를 한다고 하더니 30kg을 감량하고, 거기에 그치지 않고 방송 출연도 했다. 또 그뿐인가? 다이어트 일을 하면서 적지만 돈을 벌게 되고, 책 한번 읽지 않던 사람이 책을 냈다.

난 내가 정상이라고 생각한다. 하지만 사람들은 나보고 미쳤다고 한다. 미치지 않고서 도저히 할 수 없는 일이라고 한다. 미칠 정도로 열심히 한 적은 없다. 나를 사랑해서 가능했던 일이다. 내가 행복한 것이 좋았다. 과정이 행복한데 못할 일이 아니었다. 물론 결과물도 좋았다. 그래서 기쁨도 두 배였다.

가끔은 거울을 보고 "호재야 사랑해!" 퇴근할 때 "호재야 수고했어!" 장거리 이동을 할 때면

"삼식아 안전운전 해줘서 고마워!"라고 한다. 삼식이는 내차 애칭이다. 아내는 나의 게 칭찬이나 격려를 해주는 스타일이 아니다. 그런 말을 듣고 싶었는데 아무도 해주지 않길래, 나 스스로 하기 시작한 것이 벌써 3년이 지났다.

누가 꼭 해주길 바라기보다는 나 스스로 하는 것도 나쁘지 않았다. 내가 직접 한 말이지만, 진짜 미쳤는지 모르겠으나 내 기분이 좋아졌다. 미쳤든 안 미쳤든 내가 기분이 좋으면 그 또한 행복이지 아니한가?

삶은 내가 만들어가는 것이다. 물론 남이 해주면 더없이 기쁘겠지만, 마냥 기다릴 수는 없는 노릇이다. 일단 먼저 나를 사랑해라고 말했다. 그 후 다른 사

람들이 사랑해라고 해주면 이미 스스로 사랑을 받아 받으니 겸손하게 잘 받을 것이다.

아프면 어떠한가? 누구나 다 아픈 것인데 유난을 떨지 않았으면 좋겠다. 교도소에 처음 들어가면 아마도 많이 울 것이다. 눈물을 흘리는 이유는 여러 가지가 있겠지만, 그런 이유는 중요하지 않다. 이미 그곳에 먼저 와있는 사람들 또한 그보다 더 아팠으면 아팠지 덜 아픈 사람이 없을 것이다. 그러니 그들은 처음 들어오는 사람들의 눈물 따위가 공감을 주지 못할 것이다.

혼자만 아팠을 것 같아서 힘들었을 것이란 착각을 하고 사는 사람들이 많다. 세상에는 그보다 더 힘들게 살아가는 사람도 웃으면서 살고 있다는 걸 알았으면 좋겠다. 나도 아프다. 하지만 아파하지 않는다. 아프다고 해서 달라지는 것이 없기 때문이다.

또한, 아픔은 기회다.

아픔을 새로움의 시작이라 생각하고 일어설 수 있다면, 인생 또한 새로운 삶이 당신을 기다리고 있을 것이다.

내가 많이 사랑해

풋풋한 시절 처음 연애를 할 때, 앞이 보이지 않을 만큼 한 사람을 만난 경험이 한 번쯤은 있을 것이다. 처음 연애를 하다 보니 모든 것이 어색했지만 행복했을 것이다. 우리는 흔히 "첫사랑"을 잊지 못한다고 한다. 최고로 많이 사랑했기 때문에 잊지 못하는 걸까? 아니다, 두 번째 사랑을 더 사랑했을 수도 있고 열 번째 사랑을 더 했을 수도 있다. 하지만 열 번째 사랑을 한 사람의 이름조차 기억이 가물가물할 것이다.

그럼에도 불구하고 첫사랑의 이름은 물론, 어느 장소에서 무얼 먹고 무얼 했는지 세세히 기억이 날 것이다. 처음 연애를 했고, 처음 사랑하는 감정을 느꼈을 것이고, 처음 그 사람과 극장도 갔을 것이다. 낯 설었지만 모든 것이 그 사람하고 처음 했기 때문에 기억을 하는 것이다. 돌이켜 생각해보면, 너무나도 엉성한 데이트였다. 생각할수록 창피한 마음이 든다. 하지만 소중한 추억이다.

우리는 가끔 익숙함에 젖어 행복인 줄 모른다. 어릴 때 아빠가 월급을 타면 우리 가족 모두가 중국집에 들어가 자장면을 먹었다. 그 시절 자장면 맛을 잊을 수가 없다. 그럼 지금은 중국집 기술이 시대에 뒤떨어져서 그 맛이, 안 나는 것일까? 분명 80년대보다 지금의 자장면 맛은 훨씬 더 맛이 좋다. 그런데도 우리가 그때 그 맛을 잊지 못하는 것은 익숙함에 있는 것이다.

당시 먹을 것이 없었다. 한 끼 식사 하더라도, 쌀밥에 찌개 하나와 몇 안 되는 풀 종류의 반찬이 다였다. 삼겹살이 나온 시기도 그리 오래되지 않았다. 지금처럼 과자를 먹고 싶을 때 먹을 수 있던 시절도 아니다. 적어도 우리 집은 그랬다. 한 달의 한번 아빠의 월급날은 마치 파티를 하는 기분이었다. 자장면이 맛있다는 걸 알지만 한 달의 한 번만 먹을 수 있는 음식이기에 항상 갈증을 느꼈다. 하지만 지금은 먹을 것이 없을 때 자장면이나 한 그릇 먹는다. 이런 익숙함에 젖어 자장면 맛을 모르는 것이다.

아주 작은 상처가 몸에 나도 불편하다. 감기라도 걸리면 온몸이 불편하고 스트레스를 받는다. 당장 아프지 않으면 소원이 없겠다. 라고, 표현도 하지만 막상 상처가 아물면 언제 그런 생각을 했는지 기억조차 없다. 또 익숙함에 우리는 속는 것이다. 아침에 눈을 떴을 때 "호재야 눈떠줘서 고마워!"라고 하면 하루 기분이 달라진다.

다른 사람이 나를 사랑해준다고 표현하지 않아도 나 스스로가 "호재야 내가 많이 사랑해!"라고 표현하면 하나도 부럽지 않다. 이건 말뿐 입에서 나는 소리에 불과하다. 행동으로 직접 표현하면 사는 것 자체가 달라진다. 삶이 달라진다. 지금의 삶의 만족한다면 굳이 달라질 필요는 없지만, 지금의 인생이 우울하고 또 불행하다면 달라지는 삶을 사는 것도 나쁘지 않을 것이다.

세상을 살아가는 데 있어서 정답은 없다. 그런 정답이 있다면 오히려 사는 것이 재미가 없을 것이다. 정답이 없다는 말은 내가 원하는 걸 하면 그것이 나에게는 정답이 되는 것이다. 세상을 만든다? 불가능할까? 얼마든지 가능하다. 내가 그렇게 살아봐서 안다. 아내를 미워하면서 살았다, 불공평한 세상을 원망하면서 살았다, 부자가 되고 싶어서 열심히 돈을 모으려고 했지만 모을 수가 없었고, 가난해서 불행하다고 생각하면서 살았다. 아침에 눈 떠서 잠이 들 때까지 지옥이라 생각하면서 살았다. 결국, 난 세상에서 가장 불평불만이 많은 가난뱅이가 되었다.

생각을 바꿔 먹었더니 마음이 편안해졌다. 아내를 이해하려고 했더니, 아내의 아픈 그림자가 보였고, 불공평한 세상이지만, 살아있음에 감사했다. 부자가 될 수 없다고 인정을 했더니 잘 사는 사람이 되고 싶은 꿈이 생겼다. 꿈이 생기니 아침에 눈 떠서 잠이 드는 그 시간이 내겐 너무나 귀중한 시간이라 느꼈다. 아직도 가난에서 벗어나지 못한 사람이지만, 불평불만을 하지 않는다. 오히려 행복해서 웃는 행복 전도사로 살고 있다.

가족을 위해 안간힘을 쓰면서 살 때는 나를 돌아볼 시간이 없었고, 그렇기 때문에 나를 사랑할 수가 없었다. 나를 사랑하지 않았으니, 내가 소중한지를 몰랐다, 소중한지를 몰랐으니 내 몸을 함부로 대하는 사람으로 나를 학대하면서 살았다. 가족을 위한다는 거짓말로 세상을 살았었다. 다시는 누구를 위한다는 말은 하지 않을 것이다.

솔직히 말하면 가족을 위해 살아본 적도 없다. 나를 위해 살았다는 말이 맞는 말일 것이다. 내가 먹고 싶은 걸 먹기 위해 살았던 것이고, 좋은 집에서 좋은 차를 몰고 다니고 싶어 부자가 되는 꿈 또한 나를 위해서 한 것이 맞다. 앞으로는 가족이란 변명으로 살지 않을 것이다.

나를 위해서 나를 사랑하면서 살다 보면, 자연스럽게 가족도 행복해질 것이다. 가족은 가장인 내 눈치를 보면서 산다. 내가 기분 좋은 표정으로 집으로 들어오면 가족도 웃는다. 내가 인상을 팍팍 쓰면서 집으로 오면 가족은 위축이 된다. 20여 년간 내가 그렇게 살았다.

가족을 위한다고 생각을 했더니 내가 힘들게 일하는 것이 짜증이 났고, 세상에서 내가 가장 힘들게 산다고 느꼈다. 그래서 많이 억울하다고 표현을 했고, 가족은 긴장할 수밖에 없었다. 아이가 현재 마음의 병이 있는 것도, 아내가 마음의 병으로 인해 주취폭력 전과자가 된 것도 전부 내 책임이 맞다. 사람은 잘못 했으면 그의 맞는 합당한 벌을 받아야 한다. 그래서 나 또한 벌을 달게 받을 것이다.

난 행복하다고 말하는 사람이다. 가족은 아직도 병이 있다. 그러면서 나 혼자 행복하다고 떠들고 다니면 정신병자가 된다. 가족은 슬퍼하는데 혼자만 즐겁게 산다면 그것이 말이 되지 않기 때문이다. 한때 게임을 한 적이 있다. 게임에 푹 빠져 시간 가는 줄도 몰랐던 적이 있다. 어느 날 막내가 핸드폰 게임을 손에서 놓지 않고 계속해서 하는 걸 봤다.

"성민아? 게임 오래 하면 눈 나빠지니까 그만해!"

"아빠도 게임을 하잖아?"

내 손에 핸드폰 게임이 손에 들린 상태에서 아이에게 게임을 하지 말라고 한 격이다. 내가 할 말이 없었다. 막내에게 말도 되지 않는 소리를 한 격이다. 아빠가 게임을 하는 건 당연한 거고 아이가 게임을 하는 것은 잘못된 일이 아니다. 말로만 하는 것은 어른으로서 무책임한 일이다. 그 후 난 게임을 하지 않는다. 하게 되더라도 절대 아이 앞에서 하지 않을 것이다.

내가 책을 읽는 모습을 보여주는 환경을 만들어 주었다면, 아이 또한 책 읽는 것을 좋아했을 수도 있었을지 모른다. 내가 글을 쓰는 환경을 만들어 주었다면 아이가 공부 했을지도 모르겠다. 이렇듯 앞으로는 내가 행복한 모습을 가족에게 보여준다면, 아내도 또 딸도 한 번쯤은 "내가 나를 많이 사랑해!"라고 말할 수도 있을 것이다. 반드시 그렇게 말하는 환경을 만들어 줄 것이다. 불행하다고 우울하다고 불쌍한 사람이라고 살았던 나다. 20년을 그렇게 내가 생각하고 그런 세상을 만들면서 살았다. 지금 이렇게 당당히 말할 수 있는 이유가 있다.

과거에는 그렇게 생각하고 아픈 세상을 살았지만, 그로 인해 지금 더 행복하게 살기 때문이다. 우울하지도 않았고, 불행하지도 않았고, 아프지도 않았다면, 내가 불행한 사람인지? 내가 행복한 사람인지? 어떠한 생각도 하지 않고, 그냥 대충 생각 없이 살았을지도 모르겠다. 불행한지조차 모르고 살았다면, 그것이 더 불행한 일일 수도 있을 것이다.

매일 아침을 눈을 떠서 아무 생각 없이, 살아가는 사람도 있다. 과거의 내가 그렇게 살았던 것처럼 말이다. 매일 눈을 뜬다는 것에 소중한지, 감사한 일인지 몰랐다. 그렇게 귀한 시간을 허송세월로 보냈다. 사람은 죽는다. 안 죽는 사람은 세상 어디에도 없다. 반드시 죽는다. 충전 하면서 살 수가 없다. 방전이 되면 소중한 생명은 끝이 난다.

죽기 전에 며칠만 더 살았으면 이러고 말할 것인가? 아니면 지금 당장 익숙함에 속지 말고 하루하루를 소중하고 감사한 마음으로 살 것인가? 인생은 나 스스로 반드시 생각하는 대로 살게 된다.

세상의 주인공은 '나'이니까 말이다.

제2장
행복해야만 하는 이유

2018년 마흔세 살이다. 그리고 결혼 23년 차가 되는 해다. 어린 나이에 먹고 살려고 아등바등 살았다. 긴 시간 힘들었고, 나 자신을 속이며 더 불행하게 살았다. 여든 살까지 산다고 치면 아직도 아내와 나는 사십 년을 더 살아야 한다. 더는 불행하게 산다면 죽어서 눈을 못 감을 만큼 억울할 것 같다. 두 번의 인생이 있다면 한 번쯤은 그냥 흘려버리겠지만, 오직 인생은 한 번이다. 한 번밖에 없는 인생이지만, 사는 동안 두 번, 또는 그 이상도, 더 살 수도 있다.

세상은 한 번만 산다

사람들은 하루에도 여러 번 무책임한 말을 한다. 배고파 죽겠다, 배불러 죽겠다, 추워 죽겠다, 더워 죽겠다, 심심해 죽겠다, 피곤해 죽겠다, 짜증 나 죽겠다, 힘들어죽겠다, 아파서 죽겠다, 졸려죽겠다, 목말라죽겠다, 등등 죽지도 않을 것이면서 쓸데없는 소리를 한다.

무심코 한 말들이 어제 죽은 이들에게 모욕이다. 만약에 그러면 안 되겠지만, 2년 후 죽는다는 가정을 하면 어떨까? 남은 인생이 아까워서 하루하루 소중하게 생각을 하는 사람이 있을 것이고, 반대로 2년밖에 안 남았다고 슬퍼하고 원망하면서 소중한 시간을 허비하는 사람도 있을 것이다.

나라면 현실을 있는 그대로 받아들일 것이다. 슬퍼하지도 않을 것이고, 세상을 원망하지도 않을 것이다. 마흔 살이 넘도록 살면서 느끼고 경험해봐서 잘 안다. 슬퍼하고 세상을 원망한다고 해서 아무것도 달라지지 않는다는 것을 경험해봐서 잘 안다. 그렇기 때문에 2년이라는 소중하고 귀한 시간을 허비할 수가 없다.

만약 하루라도 허비하게 된다면 죽을 때, 너무 아까워서 눈을 못 감을 수도 있을 것 같다. 세상을 악착같이 살 필요는 없다. 하지만, 무의미하게 사는 것은 더욱 나쁘다. 나는 매일 책을 읽고, 글을 쓰고, 다이어트 일도 하고, 직장을 다니는 사람이다. 많은 사람이 나에게 말한다. "피곤하지 않냐고?" 사는 것이 행복인데 피곤하면 좀 어떠냐고 난 대답을 한다.

매일 아침 행복해서 늦잠을 자고 싶어도 잘 수가 없다. 단 한 시간도 필요 없는 시간을 보내지도 않는다. 시간이 없을 뿐이지, 그렇다고 해서 여유가 없는 건 아니다. 지인들과 가끔 술자리에서 이런 질문을 하곤 한다.

"무슨 재미로 살아?"

"재미로 세상을 사니? 그냥 사는 거지!"

"왜 그냥 살아? 하고 싶은 것이 없어?"

"먹고살기 바쁜데 뭘 하고 살아? 그냥 살면 되지!"

"취미를 찾아봐? 이왕이면 가치 있는 거로!"

"됐어. 그냥 이대로 살다가 죽으면 되지!"

"뱃살을 좀 빼 보는 건 어때?, 아니면 책을 좀 읽어봐?"

"다이어트는 아무나 하냐? 책을 어떻게 읽냐? 그 시간 있으면 잠이나 더 자겠다!"

"다이어트는 아무나 하는 것이고, 책은 그냥 눈으로 읽으면 돼"

힘들게 살았었고, 불행하게 살았었다. 전부 나 스스로가 그렇게 만들었지만 말이다. 그렇기 때문에 요즘은 내가 아는 모든 사람을 만나도 행복하게 지내라고 말하는 전도사가 되었다. 그들은 내가 어떻게 살아왔는지 안다. 그런데도 대단하다고만 칭찬을 할 뿐, 본인들은 나처럼 못할 것이라고 단정을 한다. 그 점이 너무 안타깝다. 하지만 나는 포기를 안 한다. 절대 포기할 수가 없다. 내가 포기를 하는 순간, 난 벌을 받게 될 것이다.

좋은 것은 나누면 배가 된다. 한 사람이라도 나로 인해, 불행했던 인생이, 행복한 인생으로 바뀔 수 있다면 난 멈추지 않을 것이다. 다이어트를 해봤으니 어떤 식으로 하면 요요 없이, 먹어도 안 찌는 몸이 된다는 것을 안다. 그럼 난 다이어트를 더욱 많은 사람들에게 알려줘서 뚱뚱한 인생에서 정상적인 인생으로 살 수 있게 할 수 있다.

책을 안 읽은 사람이다. 글은 써본 적도 없다. 책을 읽고 글을 쓴지는 2017년 12월부터다. 이런 나도 대한민국 서점에 내 이름으로 된 책을 내고, 두 번째 쓰고 있다. 그러니 어떤 누구도 책을 읽을 수 있고, 글을 쓸 수 있다. 이것 또한 내가 해봤으니 얼마든지 가르쳐줄 수 있다.

책을 읽을 때는 즐거웠다. 슬퍼서 울어도 즐거웠다. 글을 쓸 때는 행복했다. 눈물을 흘리면서 글을 이어가지 못할 때마저도 행복했다. 그리고 아팠던 마음이 점점 치유 되었다. 그리고 알리고 싶었다. 내가 해봤으니 꼭 당신도 할 수 있다고 전도사가 되어 열을 올리는 이유다.

그들이 다이어트를 한다고 해서 또 책을 읽고 글을 쓴다고 해서 인생이 달라지지 않을 수도 있다. 중간에 너무 힘이 들어서 포기를 할 수도 있다. 하지만 시작부터 하지 않으면 영원히 할 수가 없다. 일단 해보고 왜 어려운지 아는 것도 나쁘지 않다. 인생은 한 번만 살지만, 얼마든지 여러 번 살 기회는 있다. 시작하지 않으면 기회마저 오지 않기 때문에 마음이 아려와 계속해서 설득하는 것이다.

그들이 행복하다면 내가 행복 전도를 하는 과정 따위는 하나도 중요하지 않다. 그들이 여전히 세상을 원망하고 아파하는 것이 너무나 안타깝다. 하지만 아직도 여전히 세상은 아름다운 것이고, 행복한 세상이라 알려주고 싶다. 엄마 뱃속에서 태어날 때부터 우리는 모두 축복받고, 사랑받을 권리가 있기 때문이다.

예뻐지려고 다이어트를 하지 않았다. 날씬해지고 싶어서 다이어트를 하지 않았다. 그동안 내 몸을 학대해서 나빠진 건강을 되찾기 위해 시작했다. 돈을 벌려고 책을 쓰지 않았다. 이 책이 얼마나 많이 팔리는지는 관심조차 없다. 하지만 이 책으로 인해 단 한 명이라도 현실을 있는 그대로 받아들이고, 본인 스스로가 얼마나 위대한 사람인지 느껴서 꼭 행복한 사람이 되었으면 하는 마음에 책을 썼다.

삶이 힘들고, 나만 아픈 것 같다면 추천하고 싶은 힐링 장소를 알려주고 싶다. 등산 하면서 삶의 고통이 더 큰 것을 느끼라고 말하고 싶지 않다. 바다를 보면서 마음의 안정을 찾으라고 말하고 싶지도 않다.

대학병원 응급실에서 딱 하루만 있어 보라고 말하고 싶다. 아파서 오는 사람의 얼굴을 보라, 죽어서 나가는 가족의 얼굴을 보라, 딱 하루만 있어도 "내가 얼마나 행복한 사람인지 알 수 있다."

남들과 비교를 하라고 말하는 스타일이 아니다. 잘난 사람하고 비교를 하면 내가 슬퍼진다. 못난 사람과 비교를 하면 자만해질 수 있다. 그렇기 때문에 비교를 권하지 않는다. 하지만 힘들어서 또 세상 불만이 가득할 때 한 번쯤은 가보는 것도 나쁘지 않을 것이다.

명심했으면 한다.

오늘이 인생에서 가장 젊은 날이라는 것이다.

아프냐?
아프다고 말해봐

삶에 대해 배신을 당했다고 생각한 적이 있다. 아니 어쩌면 확신을 했었다는 말이 더 정확할듯하다. 열심히 달렸다. 마치 경주마가 결승선 만 뚫어질 듯한 눈빛으로 앞만 보고 달렸다. 배운 것도 없었기 때문에, 또 특별한 기술도 없었다. 물론 집안이 부자도 아니었다. 할 수 없이 잠자는 것을 포기하면서 살았다. 하지만 여전히 가난에서 벗어나지 못했다.

열심히만 살면 난 부자가 될 수 있었을 것이라는, 희망을 버린 적이 없었다. 그래서 배신감을 더욱 크게 느꼈는지도 모르겠다. 처음부터 부자로 태어난 사람도 있겠지만, 가난하게 태어났다고 한들, 부자가 못 되는 법은 없을 것으로 생각했다. 세상 열심히 살았음에도 불구하고, 지하방에서 나오는 것이 불가능했다. 잠을 포기하면서 돈을 버는 것도 한계가 있다. 하지만 아이들이 성장하면서 돈은 더 많이 필요했기 때문에 도둑질을 하는 것 외에는 방법이 없었다.

장사를 그만두고 지금 다니고 있는 회사를 입사했다. 어릴 적에는 잠을 포기하면서 일을 할 수 있었다. 하지만 나이를 먹고 힘에 부치기도 했지만, 집과 회사가 멀리 떨어져 있었기 때문에 출퇴근 시간만, 세 시간이 들었다. 아침 6시 30분이면 출근을 한다. 화성에 있는 회사에서 일을 마치고 집에 도착하면 저녁 8시가 된다. 저녁 8시부터 다른 일을 하기가 쉽지가 않았다.

세금을 제하면 170여만 원을 받았다. 이 돈으로 다섯 식구가 먹고살기가 어려웠다. 월세를 내고, 밥과 몇 가지 안 되는 반찬을 먹고 살 수는 있었지만, 그 외에 다른 건 할 수가 없었다. 외식은 꿈도 꾸질 못했다. 동료들과 가끔 저녁을 먹거나 사장님이 가끔이지만 고기를 사주시면 가족들이 걸려서 소화 되질 않았다. 집에 가면 집 식구들을 쳐다보는 것도 미안했다.

일하면서 가족에게 미안할 마음이 들다가도, 끝이 보이지 않는 지긋지긋한 터널에 끝을 알 수 없어서 답답하기만 했다. 삶이 고통의 연속이었다. 죽고 싶었다. 하지만 죽을 수도 없는 나라고 생각하니 더 큰 슬픔에 빠졌다. 내가 죽고 나면 가족은 어떻게 살지 막막했기 때문이다. 아내가 정상적인 사고방식을 갖고 사는 사람이라면, 아마도 난 죽었을지도 모르겠다. 아니면 죽을 생각 자체를 안 했을지도 모른다.

외벌이로 집안이 쑥대밭이 되어 가는데, 아내는 손만 놓고 있을 정도로 일할 생각 자체를 하지 않았다. 아내가 모자라서, 또 바보라서 일을 못 해서 생각을 못 하는 건 아니다. 아내는 세상 어떤 여자들보다 몸으로 하는 일은 잘하는 사람이다. 아내와 같이 식당도 8년을 같이했다. 그런데도 일을 못 하는 이유는 세상 첫발을 내딛는 걸 무섭고 두려워했기 때문이다. 그런 겁쟁이 아내를 두고 세상을 뜬다면 아내는 아마도 따라서 자살을 했거나, 술에 취해 또 감옥에 들어갔을 것이다.

아내는 아이를 좋아하지 않는다. 아이에 대한 관심이 없다. 오직 내게만 관심을 둔다. 내가 집에 안 들어오는 날이면 잠을 못 자는 사람이다. 어릴 때 나에게 와서 23년째 내 곁을 벗어나는 것을 두려워한다. 답답했다. 답답하다 못해 미칠 지경이었다. 성인 아이 같은 아내를 두고, 또 어린아이를 두고 세상을 먼저 뜰 수가 없었다. 죽는 것마저도 그건 내게 사치나 다름없었다.

끝을 알 수만 있었다면 좀 덜 아팠을 수도 있었겠지만, 내겐 끝이 보이지 않았다. 꿈이 부자였지만 그 꿈은 헛된 꿈이라는 알았을 땐 세상을 원망하기 시작했다. 세상 어떤 사람보다 열심히 살았다고 자부했다. 비록 배운 것 없이 일찍 결혼했음에도 불구하고 아이들 건강하게 잘 키우고 있다고 생각했다. 열다섯 살에 시집을 온 아내도 나로 하여금 고생 덜하고 남들이 부러워할 것으로 생각했었다.

그저 나 혼자만 불쌍한 사람이라고 생각했다. 세상을 원망하면서 더불어 아내를 원망했다. 만약 내가 다른 여자를 만났더라면 이라고 생각을 했다. 그렇게 부질없는 원망을 하면서 오랜 기간을 아파해야만 했다. 그래서 말한다. 아프냐? 그럼 아프다고 말하라고 말하고 싶다!

나 또한 어린 아내를 맞이해서 잠을 못 자고 일했음에도 불구하고 가난한 삶을 살았고, 지금도 가난하게 살고 있다. 하지만 세상을 원망하고 살지는 않는다. 원망을 해봤다. 매일 술을 먹고 울어도 봤다. 하지만 달라지지 않았다. 그래서 단언할 수 있다. 아무리 눈물을 흘리고, 매일 독한 술을 마시고, 세상을 미워하고 원망한다고 한들, 어떤 변화도 생기지 않는다고 단언한다. 전부 하지 말아야 할 생각이고 그렇게 생각할 필요가 없다.

생각이란 것이 눈덩이처럼 불어난다. 불안한 생각은 특히 더 그렇다. 그렇다고 생각을 전혀 하지 말고 살라는 뜻은 아니다. 앞서서 미리 걱정을 하지 말라는 뜻이다. 그 시간에 다른 일을 집중하는 것이 현명한 사람이다. 내가 가진 환경을 받아들였다. 한 가지도 빠짐없이 모조리 현실을 받아들였다. 받아들이는 과정에서 처음에는 쉽지 않았다. 생각하면 생각할수록 화가 더 났다.

하지만 시간이 지나면서 마음이 점점 안정되어갔다. 현실을 받아들이니 내가 그동안 나쁘게만 살았던 것이 아니었다. 아프다고 생각하는 현실을 뛰어넘어보고 싶은 감정도 생겨났다. 없던 꿈이 생기려고 꿈 틀이기 시작했다. 내 나이에 이 정도면 불행한 것이 아니라는 생각이 들기 시작했다. 내가 돈이 없는 가난뱅이일 뿐 몸이 아픈 사람도 아니었고, 내 나이 또래 친구들보다 돈이 없어서 지하에 살지만, 그 친구들보다 내 아이들은 훨씬 더 성장했으니, 가족을 위해 그들은 나보다 더 오랜 기간을 의무적으로 일을 해야 한다고 생각하니, 그저 남들보다 조금 먼저 고생한 것으로 생각하니, 내 입가의 미소가 띠기 시작했다.

오랜 기간을 "남들"처럼 살아야겠다고, 아니 남들보다 훨씬 더 부자가 되고 싶어서 나 스스로가 내 목을 죄고 있었던 것이었다. 나만 죽어라 일하는 것 같아서 억울하다고 생각했다. 20년을 죽어라 일만 한다고 생각하니 슬펐다. 그럼 나이 마흔에 놀고먹는 것이 정상인가? 일하는 것이 당연한데 왜 투덜거리면서 살았는지 지금은 웃는다.

결혼생활을 20년 했지만 아이 셋을 키우면서 살았으니 지하방을 벗어나지 못하는 것이 당연한데도 불구하고, 왜 지하에서 나오지 못한다는 생각을 하면서 아파했는지 모르겠다. 가난하게 살아도 굶지 않았고, 식구들 굶기지도 않았다. 오히려 더 잘 먹고 살았는지도 모르겠다. 비싼 걸 먹지 않았지만, 누구보다 더 잘 먹어서 몸이 고도비만이었으니 이것만 봐도 굶으면서 산 것은 아니었다. 나뿐만 아니라 아내와 딸 그리고 막둥이까지 둘째만 빼고는 모두 고도비만이었다. 물론 뉴스에서 봤다. 가난한 사람일수록 비만일 확률이 높다고 했다.

아내에게 그리고 이 글을 읽는 사람들에게 묻고 싶다. 아프냐? 그럼 아프다고 말하면 된다. 그 아픔을 있는 그대로 받아들이면 된다. 열심히 살았음에도 불구하고 고통을 말하면서 산적이 있다. 다시 되돌아봤더니 고통이 아니라 그동안 잘 살아왔다고 생각했다. 아내가 아직도 술을 먹고 난동을 피운다. 아내에게 아직도 성인 아이가 있기 때문이다.

아내도 시간이 걸릴 뿐이지 언젠간 아내 몸에서 성인 아이가 반드시 성장할 것이다. 부자라고 잘 사는 사람이 아니다, 부자와 잘 사는 것과는 거리가 멀다. 부자라고 해서 돈 걱정 안 하고 살 것 같은가? 그건 절대 아니다. 돈이 많은 부자는 더 많은 돈을 벌기 위해 일반 사람보다 더 많은 돈 걱정을 하고 산다.

무턱대고 열심히 살면 부자가 될 것이라 착각을 하면서 살았다. 소중하고 귀한 시간을 다시는 그런 곳에 쓸 일이 없다. 하지만 후회는 하지 않는다. 돈 주고 살 수 없는 경험을 직접 겪어 봤기 때문에 오히려 고마운 경험이라 생각한다.

세상을 부정한다고 한들 바뀌는 것은 내 안의 상처뿐이다.

당신이 제일 불쌍해

살면서 누구를 미워해 본 적이 있을 것이다. 나 또한 한동안 화를 참지 못하고 살면서 내가 아는 모든 사람을 미워하면서 살았었다. 아침에 눈을 뜰 때부터 화가 나기 시작했다. 가기도 싫은 회사를 출근해야 하기 때문이다. 일 하면서 행복해하는 사람이 얼마나 있겠느냐마는, 난 죽도록 가기 싫었다. 조선 시대 세경도 없는 '머슴' 같았기 때문이다. 일을 하면 대가를 받는다. 하지만 내 손의 쥐어지는 돈은 하나도 없었다. 그러니 일 하면 무슨 재미가 있겠는가? 어쩔 수 없이 하는 일이라 생각했으니 당연히 출근하기가 싫었을 것이다.

출근하면서도 화가 난다. 1시간 30분이 걸리는 회사로 출근하는 시간은 마치 주차장을 방불케 했다. 배는 고프고 잠은 모자라고 출근하는 시간 내내 투덜거렸다. 출근해서도 마찬가지다. 무겁고 먼지투성이 현장에서 하는 일은 힘들기도 했고, 다칠 수 있는 위험한 일이기도 했으니 일하는 내내 "지금 이 짓이 뭐 하는 짓인지" 하면서 투덜거렸고, 점심시간이 되어서도 맛없는 식당에서 사천 원짜리 밥을 먹어야 했다.

퇴근해도 하나도 기쁘지 않았다. 차 막히는 퇴근길이 짜증이 났고, 운전하다 시비 붙기 일쑤였다. 누구 하나가 나를 건드리면 당장이라도 달려가서 물어버리고 싶은 심정이었다. 퇴근하고 집으로 가는 길에 항상 내 손에는 소주 두 병이 검은 비닐봉지에 담겨있었다. 밥을 먹으면서 아내에게 화를 낸다. 무슨 이유인지는 기억에도 없을 만큼 사소한 거로 화를 내는 것이다. 아이들에게는 대화하지 않았다.

떠들면 시끄럽다고 소리만 쳤을 뿐이다. 취기가 심할 때는 아이들을 불러 모아 한 이야기 또 하고 한 이야기 또 하면서 술주정을 했다. 그렇게 아내를 포함 우리 식구 모두는 내 눈치를 보면서 살았다. 주말이 되면, 이불에서 나오지 않았다. 밥을 주면 먹고, 다시 누워서 TV를 주말 내내 봤다. 나가려면 돈이 있어야 생각했다. 그래서 나갈 생각 자체를 안 하면서 살았다. 그러면서 또 투덜대면서 아내를 미워하고 세상을 원망하면서 소중하고 귀한 나의 젊은 날을 그렇게 흘려버리고 있었다.

일 년을 하루 같이 매일 원망을 하면서 살다 보니 점점 원망의 크기가 커지고, 나 또한 더 많이 아팠다. 아내는 내 눈치를 보면서 참다, 참다 못 참는 날이면, 술을 먹고 난동을 부린 것 같다. 마음의 병을 해결 할 줄 모르는 사람이다. 본인이 왜 난리를 쳤는지도 모른다. 아내의 마음 상처는 내가 준 것이 분명하다. 그래서 꼭 내가 아내를 치료하게 할 것이다.

아빠는 눈치를 주는 사람이고, 엄마는 술 먹고 난동을 부려서 경찰에 끌려가는 사람인데 아이들이 봤을 때는 얼마나 상처가 되었겠는가? 그래서 내 딸의 아픔이 미안하다. 그리고 건강하게 커 준 둘째와 막둥이에게 고맙다. 마흔 앓이를 하는 동안 세상에서 내가 가장 불쌍한 사람이 되었다.

어떤 누구도 나를 불쌍하게 만들어 준 사람은 세상 어디에도 없다. 내가 만든 나만의 감옥에 나를 처박아 둔 것이다. 그러면서 애꿎은 가족까지 힘들게 살았었다. 눈치를 보고 자란 아이는 세상 밖을 나가기가 겁이 난다. 이미 기가 죽었는데 나갈 용기가 있겠는가? 또 그런 아이가 어른이 되어서 사식을 낳게 된다면, 그 자식도 눈치를 보게끔 할 것이다. 엄마처럼 살지 말아야지? 아빠처럼 살지 말아야지? 하면서도 꼭 엄마나 아빠처럼 인생을 산다.

좋은 것은 쉽게 배우지 못하지만 나쁜 것은 너무나 쉽게 배운다. 그것이 사람이다. 아내는 불쌍한 사람이다. 어린 시절에도 눈치를 보면서 살다가, 열다섯 어린 나이에 현실도피처로 나와 살았다. 어린 시절과 별반 다르지 않고 여전히 눈치를 보면서 긴긴 시간을 살았다. 남들은 쉽게 생각할 수 있다.

"애들 다 키웠는데 왜 집에서 놀아?"

맞는 말이다. 꼭 돈을 벌어서 살림의 보탬을 할 수도 있지만, 일단 일을 해서 돈을 벌면 없던 자신감이 생길 수도 있다.

"내가 이 남자 없어도 살 수 있다."

생각이 들 것이고, 또 처음으로 세상 밖을 나서니 없던 자존감도 올라갈 수 있을 것이다. 하지만 이 말은 정상적인 사람도 쉽지 않은 결정이다. 23년 동안 전업주부가 있다면 이분들 또한 겁을 낼 것이다. 물론 한 발만 내디디면 된다. 남들에게는 쉬운 한발이지만 그들에게는 오랜 기간 집안에서 있다가 밖으로 나가는 용기는 꽤 어려울 것이다. 마치 갓난아이가 걸음마를 배우기 위해 한 발을 내딛는 것과 같이 어렵다.

하지만 세상 모든 사람이, 잊지 말아야 할 것이 있다. 우리는 모두 이미 넘어

짐을 두려워하지 않고 용기 있게, 수백 번 넘어지면서 걸음마를 뗀 우리들이다. 어디 걸음마만 뗐을까? 뛸 수도 있는 사람들이다. 그러므로 우리는 모두 얼마든지 아파하지 않고 즐겁고 행복한 인생을 살아갈 수 있는 사람들이다. 아니, 반드시 꼭 행복해야만 하는 사람들이다.

혹 이 글을 읽으면서 당신은 이미, 책 한 권의 책을 낸 사람이고, 다이어트 사업도 하면서, 직장도 다니고 있으니 행복한 것이 아니냐고 말하는 사람도 있을까 무섭다. 무서운 이유는 과거의 나를 보는 것 같아서 무섭다. 과거 매일 투덜거리면서 사니까 지인들이 좋은 말을 해주려고 애를 써도 귀를 닫고 있어서 난 아무 말도 들리지 않았다. 오히려 그런 말을 해주는 사람들이 더 미웠다. 그들은 지하에서 살지도 않고, 또 아내들이 술 먹고 난동을 부리지도 않고, 월급을 170만 원 받는 사람들이 아니었기 때문에 그들이 미웠다.

격려와 진심 어린 충고를, 잔소리라고 생각했다.

"제기랄! 그렇게 걱정이 되면 돈으로 주지!"

생각한 적도 있었다. 사람들을 만나기 무서웠다. 내 기분에 지인을 때릴 수도 있을 것 같았다. 그래서 내가 잘 알고 있기 때문에, 무섭다고 말하는 것이다. 아파본 사람이 아픈 사람의 고통을 안다고 했다. 나를 그렇게 생각하는 사람들은 아마도 좀 더 아파할 수도 있을 것 같다. 그래서 무섭다. 아파한다고 달라지는 것이 없는 것을 너무나 잘 알기에 무섭다.

과거 지인이 나를 불쌍하게 생각했을 것이다. 가난하고 해서 불쌍하게 본 것이 아니라, 스스로 정신병자가 되어가는 나를 불쌍하게 생각했을 것이다. 멀쩡한 두 귀를 막고 사는 청각장애인이 되어가는 나를 불쌍하게 생각했을 것이다.

한 권의 책을 쓰고, 두 번째 글을 써서 행복한 적이 없다. 다이어트 사업을 해서 행복한 적이 없다. 직장을 다닌다고 해서 결코 행복한 적이 없다. 행복하려고 무얼 해본 적이 없다. 다만 지금의 내 삶을 있는 그대로 받아들였다. 그리고 현실을 부정하지 않았고 인정했다. 인정하고 난 후, 새로운 일을 하고 싶어졌다. 인정하기 전에는 무엇을 해볼까 생각해 본 적이 없다. 내가 무엇을 새롭게 할 수 있다는 건 있을 수 없는 일이라 생각했다. 지금도 삶이 벅차고 또 무기력함에 빠져 있다고 생각했던 시절이다.

절망이 끝이 아니라고 생각을 했고, 또 다른 일을 할 수 있을 것 같다는 생각을 했다. 책을 읽고, 글을 쓴다고 해서 물질적으로 다가오는 것은 없다. 하지만 책을 읽으면 읽을수록 전에는 없던 마음의 여유가 생기기 시작했고, 글을 쓰면서 내 삶을 돌아볼 수 있는 계기가 되었다. 다이어트를 하면서 힘들다는 생각을 해본 적이 없다.

그동안의 삶을 살면서, 내가 겪으면서 느끼고 겪었던 고통에 비하면, 한 끼의 양을 조금 줄인다고 괴롭거나 절망적이지 않았다. 점점 빠지는 체중을 볼 때면 인생의 낙오자라 생각했던 내가 그 어렵다는 다이어트를 정상적으로 하루하루 목표를 이루면서 살 수 있다는 것에 놀라웠다.

말하고 싶었다. "당신! 당신이 세상에서 제일 불쌍해"라고 말을 하고 싶었던 지인들에게. "나 당신들의 충고가 뒤늦게라도 알아서 이제 행복하게 살 수 있어"라고 대답하고 싶었다. 그리고 알리고 싶었다.

세상에서 제일 멍청한 나 또한 받아들이면서 삶의 무게를 덜 수 있었다고 알리고 싶었다. 세상은 누구를 위해 살지 않는다. 오롯이 나를 위해 살면 된다. 그렇기 때문에 내가 스스로 나를 아프게 하면 안 되는 것이다.

내 속마음이 어떤지 내가 내 마음에, 얼마나 힘들게 했는지 한 번은 봤으면 좋겠다.

마음의 거울을 보자

사람이면 누구나 축복을 받으면서 태어났다. 그리고 사랑받기 위해 태어났다. 아기가 태어나면, 엄마에게 그리고 아빠에게 엄청난 사랑을 받는다. 울기만 하면 알아서 다해준다. 밥도 주고, 씻겨주고 심지어 재워도 준다. 아프지 말라고 기도도 해주고, 혹 아프기만 하면 같이 울어도 준다. 아기는 한 가지만 해주면 된다. 그냥 웃어주면 된다. 아기가 웃어주면 엄마와 아빠는 아무리 힘들고 피곤하더라도 좋아 죽는다.

사람으로 태어났으면 누구나 행복해야만 해야 한다. 가난한 집에서 태어났던, 부잣집에서 태어났던 그런 것은 상관이 없다. 누구나 각자 그릇에 맞는 행복을 찾아서 담으면 된다. 동물 중 사람만이 미숙아로 태어난다. 태어나서 보호자의 손길이 없으면, 며칠 가지 못하고 아기는 저세상으로 간다. 하지만 강아지만 보더라도 눈을 뜨지도 못하지만 엄마 젖을 찾아 직접 걸어서 엄마 강아지 곁으로 간다. 하지만 사람은 비록 미숙아로 태어났지만 배운다. 물론 동물도 배우면서 사는 건 맞다. 처음부터 스스로 살았던 동물과는 달리, 사람은 태어나자마자 모든 것을 전부 배우면서 살기 때문에 동물과는 차원이 틀린 것이다.

영업을 처음 배울 때 거울을 보면서 표정 연습을 한 적이 있다. 내가 기분이 좋을 때는 웃지 말라고 해도 웃음이 난다. 하지만 아내와 싸우고 집을 나서면 기분이 좋지 않다. 억지로 웃어야 웃을 수 있다. 가만히 있으면 웃음이 절대 나오지 않는다. 웃는 연습도 오랜 기간 하다 보면 내 기분과 상관없이 웃을 수 있는 능력이 생긴다. 그래서 지금도 사람들은 나를 보면 잘 웃는다고 한다. 난 사람을 만나면 항상 웃는다. 아는 지인과 술자리를 제외하곤 전부 웃는다.

웃음이 많은 사람은 아픔이 많다는 증거다. 그래서 난 사람의 얼굴을 딱 보면 알 수 있다. 남자들은 억지로 웃지를 못하지만, 여자들은 남자와 다르게 숨기려고 한다. 아픔을 들키기 싫어서 그럴 것이다. 여자와 남자는 표현하는 방법이 아주 다르다. 남자는 예쁘고 맛있는 음식을 보면 수저부터 든다. 하지만 여자들은 사진부터 찍는다. 남자는 맛있으면 그만이라고 생각하는 사람이 대부분이다. 하지만 여자는 맛도 중요하지만, 비주얼도 맛 못지않게 생각한다. 사진을 찍어서 SNS에 올리거나 블로그에 올린다.

남자는 맛있는 음식을 먹었다고 어떤 누구에게 말하고 싶은 생각조차 없다. 그 순간 만족스러운 식사면 그만인 것이다. 하지만 여자는 SNS에 올려서 관심을 유발한다. 그만큼 여자들은 사람들의 시선이 중요하다. 관심을 받는 것이 사랑이고, 행복이다. 악플보다 더 아파하는 것이 무플이라고 한다. 그만큼 무관심이 무섭다.

남자라고 별다른 건 아니다. 사람이면 대부분 관심을 받으려고 한다. 관심을 받기 위해 산다는 건 내가 아닌 남에게 보이는 모습을 중요하게 여긴다. 돈이 많은 부자가 정치를 꿈꾸는 건 관심을 받고 싶어서인 이유와 같다.

남의 시선을 무시하고 살 수는 없다. 하지만 그렇다고 해서 남의 시선을 위해, 본인의 삶을 망각해서는 더더욱 안 될 일이다. 한때는 살면서 투덜이 스머프처럼, 투덜투덜 되면서 살았다. 남의 시선을 생각하지 않았다면, 그렇게 많은 무수한 날들을 투덜대지는 않았을 것이다. 남들처럼 살고 싶었지만, 남들처럼 산다는 것이 불가능하다고 판단을 한 후 미치도록 세상을 원망했었다. 그놈의 남들이 뭐라고 말이다.

남들에게 "나 잘 먹고, 잘 산다"라고 굳이 말하고 살지 않아도 된다. 내가 지금 순간 아프면서 또 남을 따라가기 버거우면서까지 남을 속일 필요는 없다. 남을 속인다고 해서 내가 얻는 이득이 없다. "뱁새가 황새를 쫓아가면 가랑이가 찢어진다."라는 말이 있다.

달리기 할 때 이미 출발선이 틀리면 이길 수가 없다. 당연한 결과임에도 우리는 출발선이 틀린 것을 인정하지 않고 그저 남들보다 앞서기를 바랐던 건 아닐까 생각해본다. 늦으면 좀 어떠한가? 포기만 하지 않는다면 또 그 과정을 즐겼다면 그걸로 행복인 거로 생각한다. 나 자신을 언제까지 속일 수 있을 것 같은가? 수많은 사람은 머리만 좋다면 얼마든지 평생을 속일 수도 있다. 하지만 나 자신을 오랫동안 속이기는 불가능하다.

다이어트를 할 때를 생각해보면 좋겠다. 내가 다이어트를 시작할 때 많은 사람에게 전부 말을 했다. 뚱뚱한 사람이, 뚱뚱하기 때문에 다이어트를 하는 건 이상한 일이 아니고, 꼭 건강을 생각해서 반드시 해야 할 일이라 생각했기 때문에 부끄럽거나 하지 않았다. 오히려 뚱뚱해서 다이어트를 하는 나 자신이 당당하고 멋있었다. 건강이 안 좋음에도 불구하고, 계속해서 비만으로 살아간다면 언젠간 걷지 못할 수도 있다. 그렇기 때문에 동네방네 소문을 낸, 내 행동이 잘한 것이었다.

하지만 보통의 여자들은 다이어트를 한다고 공개적으로 말하기를 꺼린다. 쥐도 새도 모르게 심지어 남편조차 모르게 다이어트를 한다. 물론 이유를 모르는 것 또한 아니다. 앞서 생각하기 때문에 말을 하지 않는 것이다. 앞서 생각한다는 뜻은 "또, 다이어트 실패"라는 생각이 들기 때문이다.

아내가 남편에게 다이어트를 한다고 말하면 남편의 대답 또 한 무슨 말을 할지 안다.

"또, 다이어트 하냐? 이번에는 얼마나 가려고, 그냥 살던 대로 살아!"

이 말이 나올 걸 알기 때문에 처음부터 실패할 다이어트를 하는 것이다. 난 다이어트 할 때 어떤 누구도 나에게 먼저 식사 제안을 한 적이 없다. 굳이 다이어트를 한다고 동네방네 떠들고 다니는 사람에게 먹자고 말하는 고약한 사람이 없었다. 하지만 말을 하지 않고 다이어트를 하면 지인들은 그들이 다이어트를 하는 건지, 안 하는 건지 알 수가 없기 때문에 식사를 제안하는 건 당연하다.

처음에는 먹고 싶지만, 이 핑계, 저 핑계, 대면서 거절을 하지만, 얼마 되지 않아서

"다이어트는 뭐 다음에 다시 하면 되지!"

하고 그들과 맛있게 저녁을 먹고 있다. 그들은 본인 스스로 거짓말을 처음부터 했다. 말을 하지 않은 그 순간! 이미 마음 한구석에 실패라는 정답을 두고 시작을 한 것이다. 그렇지 않고서는 왜 실패를 해서 창피할까 하는 생각 자체를 안 했을 것이다. 이번이 마지막이라 생각하고 했다면 지긋지긋한 다이어트는 영원히 안 할 텐데, 하는 생각을 한다.

남을 속이기는 쉽다. 하지만 나를 속이는 건 어려운 일이니 처음부터 속이지 않는 것이 좋다. 만약에 지금도 속이고 있다면, 마음의 거울을 들여다보는 것은 어떨까 생각해본다. 사람이라서 얼마든지 실수는 할 수 있다. 실수하는 것은 너무나도 당연한 일이다. 내가 긴 시간 나를 속이면서 실수를 했음에도 불구하고 인정을 하지 않았다. 인정하지 않으니 절망이란 구렁텅이에서 빠져나올 수가 없었던 것이다.

아주 어린 시절부터 우리는 배웠다. 잘못한 것이 있다면 용서를 구하라고, 아주 어린 시절부터 배웠다. 누구나 알고 있는 것도 사실이다. 어릴 때 결혼을 해서 고생을 했다고 말하는 것은 자랑하려고 하는 것은 아니다. 지금 내가 가난하다고 말하는 것도 자랑은 아니다. 마흔 중반에 아직도 임대 아파트 살고 있다. 굳이 이런 말을 하는 것은 자랑은 아니지만, 흠 또한 아니라는 말을 하고 싶다.

내가 지하방에 살던, 예쁜 집을 짓고 살던, 내 삶에 있어 하나도 중요하지 않다. 지금 이 순간 행복한가? 불행한가? 그것만이 중요한 일이다. 거울을 보면 내 모습이 고스란히 보인다. 거울을 거짓말하지 않는다. 있는 그대로의 모습이 보이는 건 당연한 소리다. 마음의 거울을 천천히 들여다보자. 마음속에 내 모습이 거짓이면 진실로 바꾸면 새로운 일을 하고 싶어질 수도 있다.

어떤 것이든 상관없다. 일에 크기가 작든 크든 상관없다. 하고 싶은 일에 있어서 크기가 중요하지 않다. 그저 하고 싶은 일을 하는 과정을 즐기면 된다. 결과물이 어떤 것이든, 중요한 것이 아니기 때문이다.

거울은 나를 속이지 않는다!

남들은 필요가 없어
너를 사랑해

리틀부부가 결혼을 해서 23년을 같이 살아가고 있다는 것은, 그 자체만으로도 엄청나게 대단한 일이다. 배울 만큼 배우고, 연애 할 만큼 한 사람들도, 23년을 같이 살고 있다는 것은 대단한 일이다. 이혼이 더는 흠이 아니다. 2장의 주제가 "행복해야만 하는 이유"다 어차피 한번 사는 인생을 행복하게 살아가는 것이 현명한 것이다. 불행하게 살기 위해 우리가 살아간다면 고통의 연속이 된다.

부부로 인연을 맞이했지만, 잘못된 인연으로 인해 계속해서 결혼생활을 이어간다면 이 또한 불행이 아닐 수 없다. 행복을 위해서라면, 이혼이란 선택도 나쁘지 않다고 생각한다. 2016년 통계 비율로 보면 혼인 기준 이혼율이 38.10%라고 한다. 더는 이혼이 부끄러운 일은 아니지만, 이혼은 혼자만의 아픔 또한 아니다. 아이가 있다면 더 그럴 것이다.

알던 이웃 중에 아내와 비슷한 나이에 결혼해서 아이 둘을 낳고 살다가, 이혼을 하고 두 아이는 남편 쪽에 두고 내가 사는 곳으로 온 여자가 있었다. 9년 전쯤 그는, 그보다 열여덟 살 많은 남자를 만나서 두 번째 결혼했다. 아이 두 명을 낳고 키우다 3~4년 전쯤 가출을 했다. 부부의 일은 아무도 모른다. 남편이 잘못했는지? 아니면 아내가 잘못했는지 둘 다 똑같이 잘못했는지는 알 수가 없다. 물론 손바닥도 마주친다고 내 생각에는 둘 다 잘못했을 것이다. 하지만 누구의 잘잘못을 굳이 따질 필요는 없다. 어차피 과거다.

과거는 하나도 중요하지 않다. 지금이 중요하고, 앞으로 미래가 훨씬 더 중요하다. 올해 큰아이는 아홉 살이다. 작은 아이는 여섯 살이다. 가출할 당시 큰애는 다섯 살 이었을 것이고 둘째 아이는 두 살 되었을 때다. 아이가 어리다 보니, 남편은 제대로 된 일을 할 수가 없었다. 다섯 살 아이도 어리지만, 두 살 아이는 얼마나 어리겠는가?

일할 수가 없으니 돈이 없을 수밖에 없었다. 그렇다고 가만히 손만 놓고 있을 수만도 없는 노릇이었다. 가출신고를 하려고 신고를 한 적도 있었으나, 경찰서에서 전화하면 가출한 것이 아니라고 하면 그만인 것이다. 이혼도 하려고 해도 연락을 받지 않아서 이혼 또한 하지 못한 상태다. 이혼이라도 하면 정부에서 도움이라도 주지만, 서류상 이혼이 되지 않아 한 부모 혜택 또한 받을 수가 없었다.

정부에서는 도움을 받지 못하고, 그렇다고 가만히 앉아서 새 부녀가 굶어 죽을 수도 없었기에 큰마음을 먹고 막노동판에 들어갔다. 막노동하는 결정은 큰마음이 아니다. 아이가 어리다 보니 그냥 아이를 두고 일을 갈 수가 없었다. 만에 하나 아이가 밖을 나가서 집을 잃어버리기라도 하면 낭패가 아닐 수 없다.

그렇기 때문에 피눈물을 흘리면서 밖에서 문을 잠그고 막일을 나섰다.

　그때 그 아빠의 심정은 어떤 마음이었을까? 일하는 내내 아이들이 걱정되어서 집중을 할 수가 있었을까? 막일하는 시간은 보통 새벽부터 시작한다. 삼시 세끼를 준비하고 주체할 수 없는 눈물을 흘리면서 문을 걸어 잠그고 출근을 했다고 한다. 4년이라는 시간이 흐른 지금까지 별 탈 없이 잘 자라 주어서 지금은 문도 잠그지 않아 전보다는 편안한 마음으로 일을 할 수 있어서 행복하다고 말한다.

　끔찍한 이야기지만, 올겨울 유난히도 상당히 춥다. 밀양 "세종병원" 화재나 제천 "사우나" 화재를 비롯한 엄청난 화재가 벌어졌다. 종로 "여관" 에서는 가난하기 때문에 집 얻을 돈이 없어서 달 방에 살던 세 모녀가 죽었다.

　만약 밖에서 문을 잠그고 화재가 발생이 되었다면, 상상도 하기 싫은 일이 벌어졌을 것이다. 세상에는 이상한 사람들이 너무 많다. 인간이기를 포기한 사람도 너무 많다. 지금 이 순간에도 아이는 전혀 생각하고 살고 있지 않을 것이다. 사람은 행복해야만 한다. 하지만 행복해야 하는 이유가 자식을 버리는 것이라면, 차라리 죽는 것이 아이의 행복을 위해 낳은 판단일지도 모르겠다.

　새벽에 나가서 막일하고 집으로 돌아오면 세상 물정 모르는 아이들이 온 집안을 쑥대밭으로 만들어 놓는다. 아이들이 엄마가 없어서 하루를 멀다 하고 우는 것보다는, 천진난만하게 구김 없이 생활하는 모습이 행복하다고 했다. 먼지가 범벅된 상태로 집으로 돌아와 아이들 밥부터 먹이고 어지러운 집안을 치워가면서, 힘든 줄 몰랐다고 한다. 아이들 밥을 다 먹은 후에 씻기고, 그제야 본인이 씻었다고 했다. 밥 넘길 힘도 없어 아이들 먹다 남은 과자에 소주 한 병을 마시고 기절하듯 잠을 청하면서도 그는 그런 생활이 힘들지 않았다고 했다.

　다만 그가 가장 힘들어할 때는 "어린이날", "크리스마스", "생일" 이 되면 엄마

같지 않은 사람을 아이들이 찾을 때 억장이 무너진다고 했다. 삼 년 전 마흔 앓이를 할 때 저 사람도 힘들지 않다고 이야기하는데 내가 힘들어하면 저 사람에게 죄를 짓는 기분 같아서 많은 힘이 된 고마운 사람이다.

그분과 이런저런 대화를 나눈 적이 있다.

"형, 애 엄마 아직도 연락이 없지? 형은 안 힘들어?"

"막노동 다니면서 느끼는 것이 많아!"

"뭘 느껴? 힘들다는 걸?"

"난 내가 이 세상에서 제일 비참한 사람인 줄 알았거든, 저 핏덩이를 어떻게 키우나 막막하기도 했었어!"

"지금은 형 안 막막하나?"

"야 막노동 현장에는 내가 이런저런 이야기 하면, 그들은 콧방귀도 안 뀌어, 왜냐? 그들은 나보다 더 힘든 상황이니 나 정도면 살만한 것이라 하고, 나 또한 그렇게 생각해! 노부모님이 둘 다 치매에 걸려서 사는 사람도 있어! 애들 건강한 것만 해도 어디냐!"

막일이 힘이 안 드냐는 멍청한 질문에 그는 이렇게 대답을 했다.

"지금은 세상 일 중에 막일만큼 좋은 직업이 없다고 생각해. 물론 편안하고 돈 많이 주는 곳에서 일하면 얼마나 좋겠냐? 만은, 일단은 현실적으로 아이들 때문에 좋은 일자리가 있다고 한들 갈 수가 없잖아. 아이들 예방접종 한다고 자리 비우면 좋겠니? 아이들이 안 아프고 클 수도 없고, 아플 때마다 마음 편안하게 병원을 갈 수 있는 직업은 막일밖에 없어! 그래서 막일이 지금은 최고의 직업인 거야."

그 말을 듣고, 몽둥이로 뒤통수를 한 대 얻어맞은 기분이었다. 저런 상황 속에서도 본인 처지를 받아들이고, 그 삶 속에서 행복하다고 말하는 그가 멋있게 보았다. 슬퍼한다고, 아파한다고, 해서 달라지지 않는다는 것을 그분에게 배운 날이었다.

아이를 버리고 나가서 본인의 행복을 찾는 그 여자는 반드시 천벌을 받을 것이다. 아이는 본인의 소유물도 아니지만 그렇다고 해서 짐도 아니다. 아이의 행복만을 위해 사는 것도 좋지 않지만, 본인의 행복을 위해 아이를 희생시키는 것은 어른으로서 아니 최소한 사람으로서 해서는 안 될 행동이다.

사람은 반드시 생각하는 대로 그렇게 살아간다. 아이 때문에 불행하다고 여긴 여자가 평생을 살아도 긍정적으로 살지 못한다는 것을 안다. 그렇기 때문에 평생을 원망하면서 살 것이다.

"엄마가 없다고, 너희를 사랑하는 사람이 없는 것은 아니다. 아빠의 사랑이 어쩌면 더 무거운 사랑일 수도 있다. 남보다 못한 엄마는 필요 없어! 아빠가 너희를 영원히 사랑한다."

오늘도 그는 여전히 사랑을 주면서 희망을 버리지 않고 살 것이다.

세상의 중심에 네가 있잖아

한때 책을 읽는 사람은 대체 무슨 생각을 하는 사람들일까? 하고 생각했었다. 책 읽는 사람은 시간이 참 많은 사람이라고 생각했었다. 심지어 그렇게 할 일이 없으면 잠이나 더 잘 것이지 했고 또 다른 한편으로는 책을 읽으면 재미가 있나? 나도 읽어볼까? 하는 호기심마저도 들었다.

게임을 하면 시간이 순식간에 지나간다. 게임에 푹 빠져 시간 가는 줄도 모른다. 핸드폰이 뜨거워지면서 배터리도 방전이 되어 전화기가 꺼져서 난감한 적도 있었다. 게임은 재미있는 거로 알았고, 책을 읽는다는 것은 지루한 줄 알았다. 어찌 보면 당연한 생각이다. 게임은 오랜 기간 해봤으니 알지만, 책은 읽어 본 적이 없었기 때문에 오해 할 수도 있다. 책도 읽다 보니 게임처럼 습관이 된다. 눈을 뜨고 핸드폰 게임을 먼저 하던 내가 요즘은 책을 먼저 든다. 그만큼 책도 매력이 있다.

책을 읽으면서 작가의 삶을 전부는 볼 수 없지만, 삶의 일부는 보인다. 작가 하나하나 당당하게 사는 모습이 보이는 것은 물론 드라마의 주인공처럼 살면서 행복해한다는 것이다. 아직 많은 책을 읽어보지는 못했다. 그래서 많은 작가의 책을 읽어보지도 못했다. 하지만 계속해서 읽어도 마찬가지로 행복한 작가를 볼 수 있을 것 같다.

내가 읽은 책, 그리고 앞으로 읽을 책의 작가 중 부자인 사람도 있을 것이고, 나처럼 가난한 측에 속하는 사람도 있을 것이다. 모두가 부자는 아니지만, 공통으로 모두가 행복하게 잘 사는 사람들이라는 것이다. 그럼 꼭 책을 읽고, 글을 써야만 행복한 일일까? 세상에는 어떠한 정답도 없다. 잘 사는 방법이란 정답이 있다면 얼마나 좋겠는가? 잘 사는 방법의 책을 한 권 사서 읽으면 잘 살 수 있으니 얼마나 좋겠는가? 하지만 현실적으로 어려운 일이다.

하지만 어려울 뿐이지 방법이 없지는 않다. 삶의 중심을 나 자신에게 두고 살면, 어느 정도 방법이 있다. 아내와 아이가 자리를 비운 적이 있었다. 혼자여서 배달을 시켜 먹기도 부담스러웠다. 라면은 먹기는 싫어서, 냉장고를 열었다. 큰 접시에 반찬을 하나하나 담기 시작했다. 그러다 문득 뭐 하는가 싶었다. 작은 접시를 반찬 수만큼 꺼내고 일일이 각 접시에 담아 상에 올려놓았다. 내가 나 스스로를 업신여기면, 남들은 얼마나 나를 업신여길까? 생각이 들었다.

그깟 한 끼 대충 먹으면, 어떠냐고 생각할 수도 있다. 물론 한 끼 대충 먹어도 상관없다. 하지만 이번 한 끼를 대충 먹지 않고, 내가 나를 존중한 작은 계기가 큰 변화를 가져 왔다. 물론 다 먹고 난 후 설거지 개수만 늘어날 것을 모를 리 없다. 설거지가 귀찮다고 해서 나를 업신여기는 것은 잘못된 행동이다. 몇 안 되는 반찬을 뭘 그렇게 까다롭게 하냐고 할 수도 있지만 몇 안 되는 반찬이 시간이 지나면 내가 나를 위해 뜨끈한 찌개도 상위에 올려줄 수도 있다. 남을 위해 대충 식사를 하는 것은 그 남아 낫다, 하지만 나를 위해서는 한 끼 식사라 할 지라도 대충 하면 안 된다.

내가 있어야 세상도 있다. 내가 없는 세상이 뭐가 필요한가? 내가 나를 사랑 하지 않으면 남들도 나를 사랑해주지 않는다. 비록 작은 습관일지라도, 지금 당장 시작을 하다 보면, 시간이 지난 후에는 나를 사랑하는 습관이 된다.

지금 삶이 비록 단역배우 일지라도, 가치를 키우면서 살아간다면 시간만큼 내 가치도 반드시 올라간다. 작은 일이라도 즐겁게 하다 보면 언젠간 큰 행복 으로 찾아온다.

다른 인생으로 사는 것도
나쁘지 않아

많이 가진 인생을 살고 싶었다. 큰집에서 고급 외제 차를 운전하면서 시선을 받고 싶었다. 돈을 펑펑 물 쓰듯 쓰고 싶었다. 유명 셰프가 해주는 레스토랑에서 식사하고 싶었다. 추운 겨울이 되면 따뜻한 동남아 쪽으로 골프나 원 없이 치고 싶었다. 힘든 일 안 하면서 원하는 만큼 잠을 자고 싶었다. 이런 헛된 꿈을 자주 꾼 적이 있다.

무엇을 해서, 얼마만큼의 돈을 모으겠다고 구체적인 생각을 하지 않고, 그냥 막연하게 돈이 많이 있었으면 좋겠다고 생각만 했다. 부자들은 아무 걱정 없이 사는 줄 알았다. 부자들은 매 끼니 고급 레스토랑에서 식사를 하는 줄 알았고, 잠도 원 없이 잠자는 줄로 알았다. 부자들은 한가하다 못해 여유로운 사람인 줄 알았다.

사람은 보고 싶은 것만 보고, 듣고 싶은 말만 듣는다, 속을 보고 싶어 하지 않고 오로지 겉만 보면서 쉽게 판단하는 사람들이 많이 있다. 내가 그렇게 살았었다. 보고 싶은 것만 보고 듣고 싶은 것만 보면서 나 스스로 무능한 사람을 만들었고, 무능하기 때문에 사는 것이 지옥처럼 느껴졌다. 나이 마흔에 내 이름으로 된 집이 없는 것에 아파했다. 그리고 생각했다.

"지금도 월세에 살고 있는데? 20년 안에는 작은 내 집을 장만하기는 할 수 있나?"

집 장만을 할 수 있을까? 고민하니 불가능하다는 판단이 들었다. 그런 생각이 들로부터, 난 절망으로 가고 있었다. 미래를 생각해보는 것이 나쁘지는 않지만, 굳이 앞서서 걱정을 할 필요는 더더욱 없다. 그런 생각을 할 시간에 지금 당장 해야 하는 일을 했다면 아파하지도, 절망으로 들어갈 필요는 없었을 것이다.

과거의 뚱뚱한 적이 있다. 만약에 내가 뚱뚱하지 않았다면, 아마도 나는 지금처럼 행복한 삶을 살 수 있을지 의문이 든다. 물론 뚱뚱하지 않았다면 다이어트를 하지 않았을 것이지만, 아마도 나를 사랑하기로 한 이상 다른 어떤 것을 찾았을 것이다. 다이어트를 해서 인생이 바뀔 정도로 행복한 삶을 살고 있다. 하지만 뚱뚱하지 않아서 다른 어떤 것을 찾았더라면 지금보다 더 행복한 삶을 살지 아니면 조금 덜 행복한 삶을 살지 모른다. 그리고 굳이 알고 싶지도 않지만, 알려고 하지 않을 것이다.

조금 더 행복하던, 덜 행복하던 난 나의 삶을 매우 만족한다. 만족하지 않는다고 생각하면 또 과거처럼 남들을 비교해가면서 나 자신을 무능한 사람으로 만들지 모른다. 내가 마흔이 넘어서 집이 없는 것은 당연한 일인 거다. 또 당연히 집이 없다고 해서 불행할 필요는 없다. 더 나아가서 평생 내 집을 장만하지 못한다고 하더라도, 절망할 필요도 없다.

오늘 하루 주어진 삶의 시간은 부자인 사람이나 가난한 사람이나 똑같이 공평하게 주어진다. 내가 가난해서 집을 못 산다고 자책하는 그 순간에도 시간은 지나간다. 평생 돌아오지 않을 소중한 시간을 내 스스로 내던져 버릴 때, 잘 사는 사람은 가난하지만 그렇게 시간을 보내지 않는다. 없지만 있는 것에 감사하면서 산다. 나의 가치는 나 스스로 만든다. 어떤 누구도 나의 가치를 올려주거나 내려줄 수 없다. 내가 세상을 원망하면서 나의 가치를 깎아내리는 시간에도, 잘 사는 사람은 소중한 시간을 가치 있는 곳에 쓰고 있었을 것이다.

부자인 사람은 행복할까? 부자로서 가치 있는 삶을 사는 사람은 매우 잘 사는 사람이 맞다. 하지만 부자라고 허세나 떨면서 가난한 사람을 업신여기고, 돈에 노예가 되어 가난한 사람보다 더 돈 돈 거리고 살아간다면 잘 살기는커녕 매우 불쌍한 삶을 사는 것이다. 부자인 사람도, 가난한 사람도, 딱 한 번 죽는다는 것이다. 반드시 죽는다는 것이다.

부자라고 목숨을 돈 주고 살 수 없다. 가난하다고 해서 삶의 절반을 먼저 죽을 필요도 없다. 이것 또한 얼마나 공평한 일인가? 하루의 시간도 똑같고, 죽는 것도 똑같이 공평하다. 부자를 돈으로 이길 수는 매우 어렵다. 하지만 부자보다 더 잘 살면 된다. 그렇게 된다면 부자를 부러워할 필요도 없고, 다시는 평생 스스로 무능한 사람을 만들지 않을 것이다.

"돈이 없는데?"

무슨 가치 있는 일을 할까? 하고 포기한 적도 있었다. 내가 나를 사랑하는 데는 돈은 필요가 없다. 거친 말을 습관적으로 내뱉고 살았었다. 언어 순환을 노력하니, 점점 거친 말이 줄었고, 이제는 거친 말을 하라고 해도 어색해서 못한다. 집에 누워만 있던 내가, 산책하기 시작했다. 누워서 TV를 볼 때 나를 생각해본 적이 없다. TV에서 나오는 재미있는 방송에 푹 빠져 있거나, 핸드폰에 있는 게임을 하면서 그저 시간 보내기 일 수였다. 그땐 그렇게 흘려보내는 시간이 그리 나쁘다고는 생각하지 않았다.

사는 것이 고통이라 생각했기 때문에, 그렇게 해서라도 시간을 빨리 보내고 고통을 잊고 싶었다. 저수지를 한두 바퀴 천천히 걷기 시작을 하니, 평소 느끼지 못하고 살았던 것이 보였다. 저수지도 보이고, 저수지 안에 있는 물고기 움직임도 보이고, 나무, 새소리, 지나가는 사람, 그 사람들의 표정, 등이 전부 보이기 시작했다. 그러면서 나 자신도 보이기 시작했다.

TV를 볼 땐 하루가 그리 길지 않았다. 하지만 천천히 걸어도 저수지 한 바퀴를 걷는 시간은 40분이면 충분했다. 생각보다 시간이 느리게 간다는 것을 깨달았다. 또 걷다 보니 숨이 차는 것을 느꼈다. 조금만 빨리 걸으면 숨이 차다 못해, 토까지 나올 기세였다. 내가 아주 뚱뚱하다는 것을 느꼈다. 그리고 다이어트를 했다.

다이어트를 하면서 대다수의 사람은 힘들다고 한다. 남을 위해 더 힘든 일도 하는 사람들이 본인을 위해 본인을 사랑해주는 일임에도 불구하고, 금방 포기하는 것을 보고 그들보다 내가 더 마음이 아팠다. 내가 한 다이어트를 알려주고 싶었지만, 대부분의 많은 사람은 내 이야기를 귀담아듣지 않았다. 내가 하는 말은 전부 "내 자랑"처럼 들렸던 것이다. 사람은 듣고 싶은 말만 듣는다는 것을, 새삼 또 한 번 알게 된 계기였다.

그럼 어떻게 하면 내가 한 다이어트 방법을 알릴까? 고민했다. 고민하던 와중에 "TV조선"방송국 "내 몸 사용설명서" 제작진에게 방송 섭외가 왔다. 그래 일단 "유명해지자"라는 생각으로 출연을 결심했다. 물론 방송 한번 나온다고 해서 절대로 유명해지지 않는다. 하지만 내 가치를 조금이라도 올릴 수 있다고 판단을 했다.

유명해서 돈을 많이 벌고 싶다고 생각한 적은 없다. 다만 전혀 모르는 사람보다는 매체에 출연하면 다이어트 관련해서는 말 한마디가 더 힘이 생기지 않을까 했다. 더 나아가 다이어트 관련 책을 한 권 내고 싶었다. 책을 읽어본 적도 없고, 글은 더욱 써본 적도 없던 사람이었다. 하지만 하고 싶은 일이 하나둘씩 생겨나 가기 시작했다. 내 삶의 변화는 당시나 지금이나 별반 다르지 않게, 여전히 가난하게 살고 있다. 단지 변화한 것은 내 마음뿐이다.

작은 생각하나 작은 행동하나가 삶을 변화시킨다. 물론 처음부터 확 변화하지 않지만, 하나하나를 하다 보면, 어느덧 행복한 사람이 된다. 행복의 크기는 본인이 결정하면 된다. 정답이 없다. 소중한 시간을 하루하루 보내다 보면 본인도 모르게 행복한 웃음을 짓게 되는 것이다.

우울한 인생을 살았다면, 행복한 인생으로 사는 것도 나쁘지 않다.

제3장

어떻게 하면 행복할 것인가?

살면서 인생의 기회가 세 번은 온다고 했다. 하지만 난 이 말에 동의할 수가 없다.

인생의 기회는 세 번은 당연히 오는 것이고, 열 번, 백 번, 천 번도 올 수 있다. 그 기회 또한 내가 만들기 때문이다. 큰 그림을 그리기 위해서 밑그림을 그려야 할 만큼의 큰 꿈도 있지만, 작은 일 일지라도 내 가치를, 아주 조금이라도 올릴 수 있는 일 또한, 모이면 큰 그림이 될 수 있다고 생각한다.

인정하자

교도소에 있는 사람들은 저마다 죄를 짓고 들어온 사람들이다. 물론 100% 모든 사람이 죄를 지었다고 생각하지는 않는다. 누명을 쓰고 들어온 사람도 있을 것이고, 어쩔 수 없이 죄를 짓는 경우 또한 있을 것이다. 매일 술에 취해 아내를 두들겨 패는 남편이랑 사는 여자는 매일 불안에 떨면서 살았을 것이다. 남편이 집에 들어오지 않으면 잠을 잘 수도 없다. 남자가 걱정돼서 잠을 못 자는 것이 아니고, 아직 매를 맞지 않아서 잠을 이룰 수 없는 것이다. 매를 맞지 않으면 매를 맞을 때 보다 불안해한다. 오히려 매를 맞고서는 마음의 안도가 생겨 잠을 이룰 수 있다.

이런 아내가 우발적으로 남편을 죽였을 때 아내는 어떠한 심정일까? 살인해서 놀라거나 하지 않을 것이다. 오히려 잘된 일이라고 마음이 편안해질 수 있을 것 같다. 교도소를 갈 만큼 잘못을 하지 않았음에도 불구하고, 매 맞는 아내는 교도소 생활을 해야만 한다. 하지만 더는 불안해하지 않는다. 하지만 시간이 지나면 지날수록 이상한 마음이 들 것이다. "나를 살인자"라고 생각하는 사람들이 있을 것 같아 불안해진다.

사람을 죽인 것은 물론 잘못한 일이다. 하지만 매일 폭력을 행사하고, 한 여자의 인생을 송두리째 짓밟아 버린 그 남편은 사람이 아니기 때문에 죄책감을 가질 필요가 없다. 나라에서 정한 법을 어겼고, 또 죗값을 받았으니 더는 자책할 필요가 없다. 위기는 얼마든지 기회로 바꿀 수 있다. 위기는 또 다른 시작을 할 수 있는 계기가 된다.

매를 맞았다고 인정을 하면 되고, 그런 이유에서 우발적인 살인을 했다고 인정을 하면 된다. 인정을 안 한다고 해서 달라지는 것은 없다. 잘한 일은 아니지만 그렇다고 못 한 일도 없기 때문이다. 남들에게 판단을 맡기는 건 싫지만 대부분의 사람은 죽은 남편을 욕할 것이다. 그러니 당당하게 못 살 이유가 없다. "삼성전자" 이재용 부사장은 2심에서 36억 원이라는 어마어마한 금액을 뇌물로 판단했음에도 이재용은 집행유예로 풀려났다.

부자나 정치인들이 남들보다 잘 사는 이유가 있다면 아마도 뻔뻔함이 아닐까 생각한다. 그들의 뻔뻔함을 따라갈 수는 없으나 따라가려고 노력 정도는 해보는 것도 나쁘지 않다고 생각한다. 그러니 사람을 죽였다는 이유로 더 아파할 시간이 있다면, 다른 새로운 일을 찾아보는 것이 훨씬 더 현명한 판단이다. 내가 이 글을 쓰는 데는 이유가 있다. 이 글을 꼭 한 번은 읽을 사람이 있기 때문에 글을 쓴다.

웃으려고 노력을 하는 것이 희망적이다. 평생을 응원하면서 격려해주고 살 것이다. 사람들은 막연히 행복해하고 싶어 한다. 정확히 어떻게? 행복할 것인가? 대해선 잘 모른다. 물론 나 또한 모른다. 하지만, 어떤 일이 되었던 감사하는 마음으로 살아간다면, 나 스스로에 대한 가치는 올라갈 것이라 믿는다. 나 자신을 사랑해주면서 나의 가치를 올리면 그것이 행복 아닐까 생각한다.

나를 포함한 모든 직장인은 미래를 불안해한다. 물론 우리의 잘못이 아니다. 사회적 구조가 그렇다. 대한민국 평균 정년이 48세라고 하는 기사를 본 적이 있다. 48세면 젊다 못해 애들에 가깝다. 100세 인생이라고 하는데, 그럼 나머지 기간은 무얼 해서 먹고살아야 하나 막막해 본 적이 있다. 그래서 아파한 적이 있고, 세상을 부정하면서 원망하고 절망도 했었다. 그것이 나의 마흔 앓이다. 마흔 앓이를 하면서 꼭 나빴던 것은 아니다.

그런 계기가 있어서 앞으로는 멍청한 앓이를 하지 않을 것이니, 한 번의 경험은 나쁘지 않다고 생각한다. 만약에 마흔 앓이를 하지 않았더라면 지금보다 더 행복한 삶을 살지 않았을 것이다. 마흔 앓이를 겪으면서 나를 되돌아보았고, 나를 사랑하는 계기가 되었다. 그 첫 번째가 물론 다이어트였으니 내게 마흔 앓이의 아픔은 이제는 추억이 된 것이다.

50세가 되면 회사를 더 다닐 수 있을지, 없을지를 굳이 지금 고민할 필요는 없지만, 한 번쯤은 생각해 보는 것이 좋다. 법적으로는 정년이 60세이지만, 그건 대기업이나 공무원들의 이야기일 뿐 영세업체 하고는 전혀 상관이 없는 일이다. 내가 다니고 있는 직장만 해도 연차를 빨간 날로 대치를 해서 개인적인 볼일을 볼 수가 없다. 출근하지 않으면 무조건 결근이다.

과연 내가 다니는 회사만 그럴까? 같은 업종에서 보면 내 직장은 천국과 같은 곳이다. 주 5일 근무를 한다, 또 하루 9시간만 근무를 한다. 이 두 가지만으로 엄청난 혜택을 받는 것이다. 공무원이나 연차 있고, 야근 없는 사람이 이 글을 보면 "뭐지?" 이럴 수 있겠지만 보통의 소기업은 야근은 매일 하는 것이고, 토요일 또한 오후 4시까지는 기본으로 한다.

이런 곳에서 일하는 사람은 정년이 정해져 있지 않다. 힘으로 하는 일은, 힘 떨어지면 그만둬야 한다. 대한민국은 어른을 존경하는 사회다. 그래서 나이 먹은 사람을 쉽게 대하지 못하는 경우가 있다. 그래서 나이를 먹으면 불편해한다. 그럼 눈치를 안 볼 수가 없다.

그만두기 직전의 월급이 가장 많을 것이다. 그만두게 된다면 아마도 그전의 월급은 잊는 것이 정신건강에 좋을 것이다. 50살이 넘어서 할 일이 많을까? 물론 어떤 일이든 마다하지 않고 일을 구한다면 할 수는 있겠지만 수입은 절반도 되지 않을 것이다. 그래서 많이 하는 결정이 개인사업을 생각하는 것이다. 그 중에서도 음식 관련 일을 많이 한다. 음식 중에서도 특별한 재주가 없으니 "체인점"을 하는 이유가 여기에 있다.

만약에 인생을 한 번쯤 생각을 해보고, 정년이 불안정해서 노후 또한 불안해한다면, 과거의 나처럼 아파하고 세상을 부정할 시간에 미래를 위해, 내가 할수 있는 일을, 찾는 것이 나을 것이다. 음식을 좋아하는 스타일이면, 주말마다 아내와 함께, 맛집 탐방을 하면서 데이트도 하고 음식 공부를 한다면 그것 또한 미래를 위해 준비를 하는 것이니 가치 있는 삶이라 하겠다.

과거의 내 미래를 있는 그대로 인정을 하고, 새로운 방법을 찾으려 애를 썼다면 많은 눈물을 흘릴 필요도 없었을 테고 세상을 원망하면서 나 자신을 아파하지 않았을 것이지만 그래도 더 이상 후회는 하지 않는다.

오늘 당장 미래를 생각한다면 준비할 시간이 최소한 10년 이상은 남아있을 것이다. 그 준비가 된다면 눈치 보지 말고, 당당하게 미련 없이 회사를 그만두면 된다. 내가 직장생활을 해보니 나쁜 회사는 직원을 구성원으로 생각하지 않고, 그냥 일꾼이라 생각하는 것 같다. 그런 곳은 오래 머물수록 손해지만 당장 그만두지 못하니 그곳에서 내 꿈을 펼치는 것도 나쁘지 않다.

자영업을 하면 90%는 망한다는 통계가 있다. 그들 대부분은 준비과정이 짧았을 것이다. 10년 이상을 준비하고 시작하는 자영업은 그만큼 실패를 할 확률이 낮다. 천천히 본인 자신을 돌아보고 나쁜 곳인지 좋은 곳인지 판단을 하면 된다.

그리고 있는 모든 것을 인정하고 받아들여 보자. 새로운 시작이 생길 것이고, 그 과정을 즐기면서 살면 된다. 아내와 함께 맛있는 음식을 먹어도 보고, 같이 이야기하고, 기록을 남기고 또 직접 집에서 같이 만들어보고 또 먹어보고 이야기를 하다 보면 이 또한 즐겁지 아니한가?

가치를 올리는 일은 즐거운 일이고 행복한 일이다.

넋 놓고 눈물을 흘리고, 술 먹고 세상을 원망했더니 절망이 오더라.

아프다고 말하면 아프다

사람이 살면서, 반드시 두 가지는 꼭 하고 사는 것이 있다. 첫 번째는 사랑이다. 남자가 여자를 사랑하고, 여자가 남자를 사랑하는 남녀 사이도 사랑이지만, 아이를 사랑하고, 부모님을 사랑하고, 선생님을 사랑하고, 반려견 또한, 사랑하면서 산다. 사람은 사랑하지 않으면 그 인생 또한 감정이 없는 인생이니 잘 사는 인생은 아닐 것이다. 사랑을 일부러 하는 사람이 있을까? 강제로 사랑이라는 감정이 생길까? 사랑은 강제로 할 수 있는 문제가 아니다.

두 번째는 감기다. 우리가 알게 모르게 1년에 열 차례 가까운 감기에 걸린다고 한다. 감기 또한 내 의지로 걸릴 수 있는 문제는 아니다. 감기에 일부러 걸리고 싶어서 걸리는 사람은 아무도 없다. 오히려 안 걸리게끔 조심하는 편이다. 감기에 민감하게 반응하는 사람이 있다. 감기 증상이 조금이라도 보이면

"어머! 나 감기 걸린 것 같아!"

말하는 사람을 쉽게 볼 수 있다. 그들은 다음날 어김없이 감기에 걸려서 온다. 난 그런 면에서 참 둔한 사람이다. 기침하고, 콧물이 나와도 감기라고 생각을 하지 않는다. 그냥 기침 하나보다, 또 콧물이 나오나 보다, 정도로만 생각한다. 통증이 심하지 않은 이상 병원도 가지 않는 편이다. 그 정도로 둔하게 산다. 하지만 일반인들보다 감기를 덜 걸리는 편이다. 병을 무서워하면 병이 더 잘 들어온다. 하지만 신경조차 쓰지 않으면 감기가 왔다가도 도망을 간다고 생각한다. 병이 병을 키운다는 말이 있다. 자꾸 신경을 쓰면 더 아파진다는 소리다.

무심하게 사는 것은 좋지 않지만, 사소한 일까지 신경을 쓰면서 살면 그건 더 좋지 못하다. 내가 과거의 그랬듯이 많은 사람이 생기지도 않은 일까지 신경을 쓰면서 앞서 걱정을 하는 일이 비일비재하다. 출근하면서부터 차가 막힐까 예상하고, 점심은 무엇을 먹을까? 고민하고, 퇴근 시간은 왜 이리 안 오는지 짜증도 내고, 퇴근하면 퇴근길에 차가 막힐까 하면서 또 어떤 길을 선택할지 고민을 한다. 하지만 나는 그런 생각을 하지 않는다.

막힌다고 예상한다고 해서 안 막히는 것도 아니고, 한가하게 퇴근 시간을 기다리지도 않는다. 왜냐? 한가할 틈이 없기 때문에 그렇다. 과거에는 업무시간에 한가한 틈이 있으면 핸드폰 게임을 했다. 하지만 지금은 책을 읽거나 노트에 끄적끄적 생각을 적는다. 그래서인지 심심할 틈이 없다. 심심하다고 생각할 시간에 하고 싶었던 것을 하면 된다. 생각만 한다고 해서 안 심심하지 않기 때문이다. 커피를 한잔 타서 창밖을 보는 것도 나쁘지 않다. 내가 가끔 하는 것이다. 게임을 끊으니 이것저것 할 것이 너무나 많다.

아프다고 생각만 해도 아팠다, 또 심심하다고 게임을 했더니 소중하고 귀한 시간을 빼앗겼다. 나를 받아들이지 않고, 세상을 부정했더니 절망 속에서 살았다. 그러나 나를 사랑하려고 시도를 했더니 나를 사랑하게 되었다. 부자가 될 수 없다고 인정을 했더니 오히려 마음이 편해지고, 잘 사는 사람으로 살겠다는 꿈이 생겼고, 그 꿈을 이루기 위해 하루하루 가치 있는 삶을 노력하니 행복한 사람으로 살고 있게 되었다.

그래서 나는 안다. 사람은 말하는 대로 산다는 것을 말이다. 부자가 아니면 어떠한가? 그렇다고 해서 하루 두 끼만 먹는 것도 아니다. 내 이름으로 된 집은 없지만, 따뜻한 공간이 있고 그 공간에서 웃음이 끊이질 않는 임대 아파트가 있다. 내 형편을 굳이 부정하면서 남을 수십 년간 비교하면서 살았었다. 바보 같은 짓이었다.

사람은 어떤 사람이든 장점이 없는 사람이 없다. 하지만 장점을 부각하려고 하지 않고 본인의 단점을 감추려고만 한다. 단점이 있다면 당당하게 말하는 것이 좋다. 장점이 있다면 다른 사람이 하고 싶어도 몰라서 못 하는 사람들이 보이면 그 사람을 도와주는 곳에 쓰면 된다. 페이스북, 인스타그램, 은 어떻게 하는지 모른다. 그래서 블로그만 하고 있다.

블로그를 하게 된 이유는 과거의 일기 쓰는 것을 좋아해서 시작한 것 같다. 아내와 데이트를 하거나 맛있는 음식을 먹거나 놀러 가거나 하는 것을 올리려고 시작했다. 그것이 어쩌면 글쓰기에 시작인 줄도 모르겠다. 난 인연을 소중히 여기는 사람이다. 사람이 그립기도 하지만 그 사람으로 인해 배우는 점이 많기 때문이다. 블로그 이웃 중 "리꼬"라는 친구가 있다. 나이는 나보다 한참 어리지만 배울 점이 많은 친구다. 그리고 지금 이 순간, 내가 책을 쓸 수 있게 동기를 제공한 친구다.

리꼬의 본명은 성유진이다. 그녀 역시 작가다. "소소한 일상, 특별한 행복" 의 저자다. 나 또한 작가다. 이미 한 권의 책을 낸 작가다. 이 글이 세상 밖에 나가면 두 번째 책이 된다. 어릴 적, 막연하게 글을 쓰고 싶었다. 좀 더 솔직히 말하면 내 이름으로 된 책을 보고 싶었다. 아마도 이 글을 읽는 모든 사람이 한 번쯤 나처럼 생각해봤을 것이다.

막연히 생각했지, 신중하게 글을 쓰고 그 글이 책으로 나온다는 것은 크게 신경 쓰지 않았다. 그러던 어느 날, 평소와 다름없이 컴퓨터를 켜고 네이버에 온 메일을 정리하고 MY 구독 창에 들어가서 이웃 블로거들이 남긴 블로그를 보다가 이웃 중 리꼬가 글쓰기 수업을 한다고 하더니 글을 썼고, 그 글이 책으로 출간된 것이다.

저 작은 여자도 글을 쓰고, 책을 출간했는데, 하면서 마음속에 무언가가 꿈틀거리기 시작했다. 그녀는 하루도 빠짐없이 일기를 썼다고 한다. 그 일기장을 블로그에 기록을 시작하면서 블로그가 가져다준 행복을 책으로 쓰고 싶었다고 한다. 마음에만 담아두지 않고 실천을 해서, 버킷리스트 중 하나인 것을 했다고 한다. 물론 나 또한 그녀의 책을 읽었다. 그리고 그녀에게 물어서 글쓰기 수업을 알게 되었고, 첫 번째 책에 이어 지금도 이렇게 글을 쓰고 있다.

현재 거주하고 있는 곳은 경기도 화성이다. 수업은 대전으로 가서 받았다. 처음에는 뭐 하는 곳인가? 궁금했다. 첫 수업을 시작하기 전, 강연자의 첫인사말을 잊을 수가 없다. 알코올중독자이고, 파산자이며, 더 나아가 1년 6개월 실형을 산 전과자라고 소개를 했다.

과거의 나였다면 잘못 들은 줄 알았을 것이다. 내가 생각한 작가의 이미지하곤 맞지 않았기 때문이다. 무슨 전과자가 자랑이라고 그걸 인사로 소개를 했으며, 돈이 없어 파산까지 한 사람이 무엇을 강연하려고 있는지 의구심이 들었을 것이다. 첫인사를 마치고 내 가슴은 더 요동쳤다. 세상은 부자만 있는 것도 아니고 잘 사는 사람만 있는 것도 아니다. 힘들게 사는 사람, 자책하면서 세상을 원망하는 사람도 있다. 그래서 반가웠다. 그리고 용기가 났다. 한 발 더 나아가 나에게 확신이 생겼다.

난 감옥을 다녀오지도 않았고, 파산도 하지 않았다. 선생님의 얼굴은 행복한 표정과 답답함의 표정도 묻어났다. 본인 스스로는 행복한 삶을 살고 있다. 그런데도 답답함이 묻어나는 것은 내가 다이어트 제자들을 가르치면서 나오는 답답함과 같을 것이다.

나처럼 뚱뚱했던 사람도, 다이어트를 시작했고, 그 끝을 봤으며 그로 인해 여유로움이 생기고 사는 것이 즐겁다 보니, 하루하루 행복한 삶을 산다는 것을 알리고 싶었던 것처럼, 선생님도 같은 이유로 갈증을 보였던 것 같다

아픔이 생기는 것은 어쩌면 반가운 일일지도 모른다. 내가 뚱뚱하지 않았더라면, 다이어트할 일은 없었을 것이다. 선생님이 감옥에 가지 않았더라면 그 또한 작가가 되지 않았을 것이다. 다이어트를 하는 과정은 즐겁거나 힘들다. 작가가 되는 과정 또한 즐겁거나 힘들다. 목적만 생각하면, 힘든 일이 된다. 하지만 과정을 즐기면 하루하루가 즐겁다.

내가 글을 쓰면서

"이 책은 얼마나 팔릴까? 인쇄는 얼마나 받을까?"

생각하는 순간부터 나의 글쓰기는 노동이 된다. 글을 쓰면서 나를 돌아볼 수 있는 여유가 생겼고, 그 과정 하나하나가 매우 특별하다고 느꼈다. 잊고 있던 추억을 꺼내면서 힘들었지만 글 쓰는 순간 웃는 내 모습을 볼 때 나의 소중함을 느꼈다.

과거의 전과자이고, 알코올중독자이고, 이런 것은 중요하지 않다. 지금 당장 인생이 너무나 고달프다고 해서 절망에 빠질 이유는 더더욱 없다. 아픔은 또 다른 기회를 준다. 아프다고 말한다고 해서 아픈 것이 없어지지 않는다. 하지

만 마음먹은 대로 사람은 반드시 그렇게 산다.

"나 같은 사람이 무슨 다이어트야?, 나 같은 사람이 무슨 책이야?"

자기 비약을 하면 반드시 평생 날씬한 몸으로 살 수가 없지만

"나도 할 수 있다."라고 생각하면

어떤 무엇도 할 수 있다.

생각하는 대로 산다는 것은 좋은 일이다.

남들과 비교할 때
절망이 찾아온다

내가 나를 힘들게 하고 또 나를 불행하게 만드는 것은 아마도 나 자신을 남들과 비교를 할 때부터 시작이 되는 것 같다. 어제까지 멀쩡하게 살다가도 뜻하지 않은 누군가의 소식을 받고 기분이 나빠질 때가 있다. "사촌이 땅을 사면 배가 아프다"라는 말이 있다. 어릴 땐 저 속담이 무슨 말인지 이해가 되지 않았지만, 세월이 흐를수록 가슴에 다가왔다.

과거의 내 삶은 남들을 평가하는 삶을 살았고, 그 평가로 인해 나 자신이 초라하다 못해 바보스럽고 한심한 사람으로 밀어 넣었다. 어떤 사람은 저만큼의 일을 하면서, 나보다 많은 수입을 받고, 좋은 차에 좋은 집에서 사는 것이 배가 아팠다. 그러면서 나는 뭐 하는 놈인데 왜 이렇게 못나서 힘들게 일을 함에도 불구하고, 내 삶은 형편이 없었기에 자신감은 있는 데로 떨어져 삶이 우울했다. 그러면서 세상을 원망하고 절망 속으로 빠졌다.

열심히 살면 남들보다 잘 사는 삶을, 살 수 있을 것이라 여기면서 하루하루를 성실하게 살았었다. 못 배웠기 때문에, 또 특별한 기술이 없었던 나였기에, 나는 잠을 포기하고 두 가지 일을 하면서 살았다. 하지만 돈은 여전히 없었고, 내 집을 산다는 것은 불가능에 가까웠다.

　정말 열심히 살 때는 남들이 눈에 들어오지 않았다. 앞만 보고 달리는 경주마 같았기에 옆을 돌아볼 수 있는 여유 또한 없었다. 하지만 한숨 돌리려고 쉬고 있을 때면, 어김없이 내 주위 사람들이 보였다.

　같은 일을 하는 동료이고, 월급 또한 같았지만 내 눈에는 그들이 마냥 부러운 사람들로 보였다. 저들 중에는 결혼을 한 사람이 있었을 것이고 또 결혼하지 않은 사람도 있었을 것이다. 결혼했다고 하면, 맞벌이하는 것만 내 눈에 보였을 것이고, 결혼하지 않은 사람은 일과 후에 저녁이 있는 삶이 보여서 부러워했다. 지금 생각하면 당시에 나는 참으로 어리석은 사람이 틀림이 없었다. 정작 그들은 내가 그 사람들을 부러워하는 것조차 몰랐다.

　행복한 사람으로 살고 있는지 불행한 사람으로 살고 있는지도 모르면서, 내 상상만으로 남들을 부러워하고, 나를 비약하면서 스스로 상처를 주고 살았다. 세상은 항상 그대로 있지만, 죄 없는 세상까지 원망하면서 살았다. 소중하고 귀한 시간을 감사하게 살아도 모자랄 판에 아파하고 슬퍼하고 괴로워하면서, 하루하루를 고통의 시간으로 절망의 시간으로 살았다.

　지금도 여전히 매일 술을 마신다. 그리고 그때도 열심히 살았고 지금도 열심히 하루하루를 살아가고 있다. 단지 바뀐 것이 있다면 적어도 지금은 바보처럼 소중하고 귀한 시간을 내 팽겨지듯 살아가지 않는다는 것이다. 다이어트 일을 하는 다이어트 선생님으로 살아가고 있으며, 책을 읽고, 글을 쓰는 작가의 삶을 살고 또 하루 9시간 일을 하는 직장인으로 하루하루를 웃으며 살아가고 있다. 또 주말에는 강연준비를 하고 한 달에 한 번 수원에서 다이어트 강연을 한다.

어떤 사람은 힘들게 살아간다고 말할 것이고, 어떤 사람은 행복하게 산다고 말하는 사람도 있을 것이다. 내 삶을 다른 사람에게 평가를 받고 싶지는 않다. 하지만 나를 어떤 눈으로 보느냐에 따라 결과는 엄청나게 달라진다는 것은 분명하다. 좋게 평가를 하는 사람의 눈에는, 네 가지 일을 하는 사람으로서, 많은 수입을 벌 것으로 생각할 것이고, 또 하고 싶은 일을 네 가지나 하니 행복한 사람으로 비칠 것이다.

나쁘게 평가를 하는 사람의 눈에서 볼 때는 돈에 미쳐서 사는 사람으로 보이고, 그로 인해 내 삶이 없이 사는 사람이라 불행해 보일지도 모르겠다.

아침에 눈을 뜨면 다이어트 제자들이 기상하는 순서대로 체중 사진을 보내는 것을, 기도하는 심정으로 확인하는 것으로 시작한다. 나는 알코올중독자 임에도 불구하고 다이어트를 243일 동안 했으며 그 결과 30kg까지 감량을 한 경험이 있고, 1년 넘는 기간 동안 유지를 잘하고 있다. 내가 경험한 다이어트 일상을 있는 그대로, 제자들에게 알려주려고 한다. 하지만 평생을 다이어트로 내공을 다진 제자들의 마음은

"다이어트를 할 생각이 있는 사람인가?"

의구심을 들게 할 만큼, 심하게 말하면 의지박약 수준의 정신력을 지닌 사람들이다. 체중을 확인하고, 그들이 포기하지 않게 다독이고 격려를 해주면서 또 하루를 보낸다. 아침을 먹고, 아침 8시부터 회사 일을 시작하고, 야근이 없는 경우에는 겨울철은 오후 6시 30분 여름철에는 오후 7시까지 11시간을 회사에서 보낸다. 물론 야근이 있는 경우에는 밤 10시가 되어야 회사 밖을 나갈 수 있다. 퇴근하면 작업실이 있는 오피스텔로 가서 씻고, 간단히 저녁을 먹고, 저녁 11시까지 글을 쓰고 집으로 가서, 소주 2병을 먹고 잠을 잔다. 주말에는 작업실에 처박혀 온종일 이틀을 강연준비 하면서 보낸다.

과거의 남들을 비교하면서 절망 속에 살았을 때만큼 바쁘게 하루를 보내면서 산다. 그 당시 눈으로 내가 나를 평가한다면 이랬을 것 같다.

"다이어트 회원이 돈을 이미 지급을 했으니 그들이 살이 빠지던 말 던, 관심이 없었을 것이지만, 아침 눈뜨자마자 회원들의 체중을 보고 엄청난 스트레스를 받고, 나약한 의지를 가진 회원에게 속으로 욕을 했을 테고, 돈 300만 원 벌려고, 연차도 없는 회사에서 하루 11시간을 보내야 하고, 또 주말에 거래처 결혼식 같은 행사가 있는 경우에는 주말도 없이 근무해야만 하는, 나 자신을 초라하게 생각해서 또 절망 속에서 살았을 것이 분명하니 당연히 글을 쓸 생각이 들지 않았을 것이다."

하지만 남들을 의식하지 않고, 오롯이 나 자신을 사랑하면서, 살고 있는 요즘의 눈으로 볼 때 마음은 180도 달라진다. 눈을 뜨면 소중하고 귀한 아침을 맞이하면서, 과거의 뚱뚱했던 제자들의 미래를 생각하면서 체중을 본다. 그리고 믿음이 확신으로 바뀔 수 있게끔 조언과 격려를 해주고, 체중이 빠지면 삶도 달라진다는 희망도 함께 준다. 내가 경험을 해봤고 실제로 다른 삶을 살고 있기 때문에 너무나 잘 안다. 그래서 반드시 내 제자들도 뚱뚱해서 우울했던 삶에서 벗어나, 자신감 충만한 삶을 살게끔 도와줄 것이다.

하루 11시간 근무를 해야만 하는 회사에 다니지만, 우리 가족이 부족하지만, 굶지 않을 수 있는 돈을 주기 때문에 다닐 만했다. 또 비록 언젠간 그만두어야 하는 시기가 오겠지만 그날을 마냥 기다리지 않고, 미래를 위해 가치 있는 삶을 살아가기 때문에 그날이 오더라도 두렵지 않고, 오히려 웃으면서 받아들일 것이다.

책을 읽고, 글을 쓸 때는 설렌다. 과거를 돌아볼 수 있는 시간이 되어서 좋지만, 내 글을 읽고 단 한 사람의 삶이 고통에서 벗어날 수 있다는 상상을 하면,

기분이 좋다. 맞춤법도 모르고, 책을 읽어 본 적도 없는 내가 이미 한 권을 글을 쓰고, 이미 시중에 책으로 출간이 되었다. 그래서 더 희망적이다. 다이어트 제자 중 글쓰기에 관심을 보인다면, 난 글쓰기 또한 알려주려고 한다. 다이어트를 해서 원하는 체중으로 살아간다면 새로운 삶을 살 수 있지만, 글쓰기 또한 새로운 삶을 살 수 있다.

글쓰기 또한 내가 직접 경험을 해봤다. 다이어트를 하고, 글까지 쓴다면 그토록 비교하면서 남들을 부러워하던 삶에서 벗어날 수 있다. 그것 또한 내가 겪어 봤다. 남들보다 조금 뒤처진다고 해서 우울해할 필요도 없고, 슬퍼하면서 자신의 삶을 절망 속으로 빠트려서는 더욱 안 될 일이다. 지금도 과거처럼 여전히 가난하고 바쁘게 살아가고 있지만, 지금은 감히 말할 수 있다.

"행복하다고 그리고 남들을 부러워하지 않는다고 말이다."

세상은 예전이나 지금이나 앞으로나 변함없이 내 앞에 있다. 내가 부정을 한다고 세상은 달라지지 않는다. 온전히 나 스스로가 어떤 세상을 살 것인지만 정하면 된다. 다이어트를 경험했고, 알리고 싶어서 글을 썼더니 책으로 출간했다. 다이어트를 할 때, 또 글쓰기를 할 때 쉽지만은 않았다. 하지만 행복했다. 결과물이 없었다고 했어도 지금처럼 행복했다고 말했을 것이다.

나를 사랑하기로 마음먹은 그 순간부터 몇 kg 감량보다, 건강한 몸을 만들려고 애썼기 때문에 체중이 덜 빠졌다고 한들 상관은 없는 것이다. 글쓰기를 할 때도 별반 다르지 않았다. 출판사의 선택을 받지 못했다고 해도 상관이 없다.

이미 글을 쓰는 과정에서 나를 되돌아보면서 행복했으니 그것만으로도 더는 의미를 두지 않아도 된다. 남들을 위해 살기보다는, 나 자신을 위해 산다면 앞으로는 어처구니없는 실수를 하지 않을 것이고 아파할 일도 없다.

그러니 남들과 비교를 하지 않았으면 좋겠다.

나를 사랑하자

책 제목이 "내가 나를 사랑해"다. 사람은 죽는다. 언젠간 꼭 죽는다. 그렇기 때문에 1분 1초도 소중하고 귀한 시간임에는 틀림이 없다. 귀하고 소중한 시간에 이렇게 글을 쓸 수 있어서 행복하다. 본인이 본인에게 행복한 시간을 내주는 것만큼 사랑하는 일이 또 있을까?

하고 싶은 것만 하고 살기에도 한평생은 짧다. 그런데도 나 자신을 업신여기는 경우가 많다. 눈떴으니까 하루를 살았고, 졸리니까 눈을 감고 잤다. 그렇게 오랜 시간을 보냈다. 어릴 적 막연하게 생각만 했던 '작가'의 삶을 살고 있다. 지금도 가끔은 꿈인지 분간이 안 갈 때가 있다.

사람들은 내게 "특이해"라고 신기해한다. 나 또한 내가 신기하다. 과거의 바보처럼 한심하게 살면서 세상을 원망하고 부정적인 시선에서 살았던 내가 지금은 세상은 아름답다고 생각하고 마치 드라마 속 주인공이 된 듯하다.

유명한 작가는 돈을 많이 벌 수 있지만, 대부분의 작가는 돈을 많이 벌지 못한다. 1년 내내 글만 쓴다면 아마도 생계가 곤란할 것이다. 나 또한 직업이 작가이긴 하지만 직장생활도 하고 다이어트 관련 일도 한다. 글을 쓰는 것은 돈이 목적이 아니다. 골프를 하거나, 음악을 듣거나, 등산을 하거나 그런 것처럼 내가 좋아서 하는 것이다. 일종에 취미라고 생각하면 좋을 듯하다.

가진 것이 없는 사람이 가질 수 있는 아주 좋은 취미다. 어떤 취미를 하던 대부분 비용이 들어간다. 하지만 글을 쓰는 데는 비용이 들어가지 않는다. 대부분의 운동처럼 계절의 영향도 날씨의 영향도 받지 않는다.

다이어트를 한참 할 때 보는 사람마다 다이어트를 하라고 권유를 한 적이 있다. 글을 쓰고 책을 출간하고 나서부터는 보는 사람들에게 글쓰기를 권유했었고 지금도 하고 있다. 하지만 돌아오는 대답은

"작가는 아무나 되나?"

대부분이 나하고 친하게 지내는 사람임에도 불구하고, 작가는 아무나 되냐고 대답을 하니, 답답한 노릇이다.

"나도 글을 썼잖아!"

하고 대답을 하면, "넌 특이해."라고 또 대답한다. 내가 글을 쓰라고 했지 언제 책을 내라고 했나 하는 생각을 하면 답이 된다.

즐길 수 있는 글을 쓰라고 권유를 했을 뿐인데, 책을 출간하는 작가로 받아들인다. 운동으로 골프를 권유 했을 때 프로골퍼가 되라는 뜻으로 받아들이는 사람을 본 적이 없다. 글쓰기를 마치 대단한 것처럼 접근하는 사람들이 안타깝다.

일기를 한 번쯤은 누구나 써봤을 것이다. 나 또한 어릴 적 꽤 많은 시간을 써봤다. 이처럼 글쓰기는 어떤 누구나 전부 다 쓸 수가 있다. 요즘 사람들은 자신

을 사랑하기 때문에 자신에게 자기 보상으로 선물도 하고 여행도 가곤 한다. 매우 잘하는 일이다. 자신을 학대하는 것보다는 비교도 할 수 없을 만큼 좋은 일이다. 수많은 취미가 있지만, 그중에서 나를 사랑하기 좋은 취미는 글쓰기라고 말하고 싶다.

과거의 아픔도 없고, 지금도 행복하고, 앞으로도 행복할 것 같으면 권하고 싶지 않지만, 과거의 아픔이 아직도 치유되지 않았고, 미래의 꿈이 없는 사람은 글쓰기를 권유하고 싶다. 내가 글쓰기도 경험을 해봤고, 지금도 글을 쓰고 있고, 앞으로도 계속해서 글쓰기를 할 것이다. 그렇기 때문에 권하려고 하는 것이다.

돈이 드는 것도 아니고, 운동처럼 근육통이 생기는 것도 아니고 손해 볼 것이 없다. 만약에 내가 글쓰기를 돈벌이로 생각을 했다면 나 또한 책을 출간하지 못했을 것이다. 하지만 글 쓰는 과정에서 내가 나를 더 사랑할 수 있는 마음이 생겼고, 글쓰기 전보다 더 많이 행복했다. 손해 볼 것이 없으면 일단 해보고 정 못하겠다 싶으면 안 하면 그만이다.

"밑져봐야 본전"이란 단어가 딱 생각이 난다. 대한민국 서점에 내 이름으로 책이 출간되어 볼 수 있었으면 좋겠다고 생각한 적이 있다. 하지만 그 당시에는 그 꿈을 이룰 수가 없었다. 왜냐? 글을 안 썼기 때문에 그렇다.

"작가는 아무나 하나?"

이 질문에 난 당당히 말할 수 있다. 작가는 실천하는 순간 된다고 말할 수 있다. 책을 읽고, 글을 쓰는 그 순간 당신은 이미 작가라고 말할 수 있다. 출판사에는 송구한 말이지만 첫 번째, 그리고 지금 이 책까지 몇 권의 책이 팔리는지는 관심이 없다. 많이 팔리면 좋겠지만, 한 권도 안 팔려도 상관은 없다. 작가는 글을 쓰는 사람이지 책의 마진을 생각하는 건 작가의 몫이 아니다. 그저 글 쓰는 순간 행복하면 그만이다.

어릴 적 작가의 꿈이 있었다면 지금 당장 한 줄의 글을 쓰라고 말하고 싶다. 어떤 글을 쓸지 고민을 하지 않아도 된다. 어제 있었던 일을 써도 좋고, 과거의 있었던 일을 써도 좋다. 아니면 미래의 어떤 사람으로 살고 싶은지 써도 좋다. 힘들었다면 그 힘듦을 써도 좋고, 고민이 있다면 그 고민이 무엇인지 써도 좋다.

글을 쓰면 상상을 하지 말라고 해도 할 수밖에 없다. 과거를 꺼내기 위해 안 돌아가는 머리를 쓰니 치매 예방에도 좋을 것이다. 한겨울에서 따뜻한 봄이 오듯, 한겨울 같은 얼음장 마음이 이내 봄으로 바뀔 것이다. 좋은 미래의 글을 쓰기 시작하면 행복한 미래를 상상한다. 그럼 본인도 모르게 얼굴에 화색이 돌 것이다.

마흔 앓이를 1년 넘게 하다가 결국 찾은 정답이 "내가 나를 사랑해"였다. 그 첫 번째가 "다이어트"라고 생각을 했다. 거대한 몸 때문에 온몸이 아파서, 나를 사랑 하고 싶었다. 나를 사랑하려면 건강해야 오랫동안 사랑도 할 수 있고 또 건강보다 더 중요한 건, 세상 어디에도 없기 때문에 다이어트를 한 것이다.

다이어트를 해서 건강해졌고, 얼굴과 몸도 예뻐졌다. 그리고 난 다이어트 선생님이 되었다.

마흔 앓이 할 적에 죽고 싶었을 만큼, 고통스럽다 못해 절망적이였다. 세상에서 내가 가장 힘들고 불쌍한 사람이라고 착각하면서 날마다 울었다. 내가 마신 술이 한 트럭은 될 만큼 취하지 않고서는 살 수가 없었다. 당시에는 고통스러웠지만 참 다행이다. 아파서 다행이다. 절망적 이어서 다행이다. 마흔 앓이를 하지 않았다면 "내가 나를 사랑해"라고 외치지 못했을 것이기 때문에 얼마나 다행인지 모르겠다.

다이어트를 하면서 알리고 싶었다. 한 사람이라도 더 알리고 싶었다. 뚱뚱해서 아프지 말라고 알리고 싶었다. 그리고 두 번째 "나를 사랑해"를 외치고 싶었다. 그것이 내가 작가의 삶을 살겠다고 한 것이다. 여전히 문법도 모르고 맞춤법도 모른다. 하지만 오늘도 글을 쓴다. 글쓰기에는 어떤 제약도 없다. 그냥 나만 알아보면 된다. 누구한테 보여주지 않아도 된다.

내 글이 출판사에 선택을 받지 않아도 된다. 어차피 손해 볼 건 아무것도 없기 때문에 그렇다. 글을 쓰면 마음의 안정이 찾아온다. 과거를 생각하면서 나에게 열심히 했다고 다독여 주었더니 내가 웃더라. 미래를 생각하면서 글을 쓰면서 나에게 응원을 해주었더니 용기가 났다. 내가 나를 사랑해 주는 취미 중 글쓰기는 가장 훌륭한 선택이 될 것이다.

작은 것부터 나를 사랑하기 시작하면 시간이 지날수록 더 큰 사랑이 되어 돌아온다. 내가 나를 사랑하지 않으면 어떤 사람이 나를 사랑해줄까? 부모님 외에는 영원한 사랑을 줄 사람은 없을 것이다. 하지만 내가 나를 사랑하는 것은 평생 할 수 있고, 내가 나를 사랑하는 것만큼 가치 있는 일은 없을 것이다.

만약에 마음이 아파서 또는 글 쓸 정신이 없다고 말하는 사람은 왜 마음이 아프고, 글을 쓸 정신이 없는지를 글로 써보라고 말하고 싶다. 처음에는 한 줄도 안 써질 수도 있겠지만 한 줄이 두 줄 되고 세 줄 되면 마음은 점점 평온이 올 것을 느끼게 될 것이다.

아프면 아프다고 말하면 된다. 힘들면 힘들다고 말하면 된다. 세상을 부정하지 말고 있는 그대로를 받아들이면, 새로운 시작이 된다.

"내가 나를 많이 사랑해!"

내가 주인공이다

다이어트 사업을 한다고 했을 때 많은 사람이 나를 이상하게 생각했다. 지금도 이해를 못 하는 사람들이 훨씬 더 많다. 제품을 파는 것도 아니고, 운동을 가르쳐주는 것도 아니고, 카톡이나 하면서 무슨 근거로 비용을 받느냐고 하는 것이다. 처음에도 그랬고, 지금도 그렇고 앞으로도 그렇겠지만 무엇을 팔 생각은 더욱 없으며, 운동을 시킬 생각은 더더욱 없고 마지막으로 계속해서 다이어트 비용은 받을 것이다.

수많은 사람이 나를 미쳤다고 해도 상관없다. 나는 계속해서 좋아하는 일을 할 것이다. 수백 명에 회원이 생길지 몇 명에 그칠지 상관없다. 내가 다이어트를 직접경험 했고, 그 경험을 있는 그대로 알려주고 그 사람의 인생이 지금보다 조금이라도 행복한 삶을 산다면 난 그걸로 만족한다. 다이어트 사업은 하지만, 지금은 내가 얼마를 번다는 것의 의미를 두지 않는다. 또 수입이 얼마 되지 않으니 의미를 두어야 스트레스만 받을 것이다.

많지는 않지만, 여전히 다이어트 제자가 있다. 이 제자를 돈으로 보는 순간 난 더는 다이어트 사업을 하지 못할 것이다. 8주에 69만 원에 비용을 받는다. 이 금액이면 값이 만만치 않은 비용이다. 그럼에도 불구하고 8주가 지나면 또 4주에 19만 원을 더 지불해야 한다. 물론 19만 원도 큰 비용이다.

돈이 많은 사람의 경우 적은 금액이라고 할 수도 있을 것이지만 나에게는 큰 돈이다. 그래서 그들도 큰돈으로 생각한다. 또 내가 다이어트에 성공했다고, 아내가 다이어트에 성공했다고, 지금까지 제자들이 다이어트에 성공했다고 해서, 모든 사람들이 쉽게 성공할 것으로 생각하지 않는다. "다정 다이어트"는 환불제도가 있다.

계약금 30만 원을 지불하면 다이어트는 시작이 된다. 1주일이 끝이 나면 첫 번째 질문을 한다. "힘들고 배고프면 다이어트 포기하시면 환불해 드린다."라고 말한다. 4주가 지나면 두 번째 질문을 한다. "ㅇㅇㅇ 님 4주 동안 5kg 감량하셨습니다. 여기서 원하지 않으시면 남은 39만 원을 입금하지 않아도 됩니다."라고 말한다. 만약에 4주 동안 2~3kg 감량에 그치면 처음 받은 30만 원도 전액 환불해준다.

물건을 판 것도 아니고, 운동법을 알려준 것도 아니니 당연히 내가 돈을 받을 이유는 없다. 물론 내가 먹으라는 것 외에 다른 음식을 먹고 체중 감량이 안 되는 경우도 있지만, 그 또한 내 잘못이기 때문에 환불을 해준다. 식단 제공은 중요하지 않다. 식단은 대부분의 비만한 사람들도 전부 알고 있는 내용이다. 난 제자들의 마음을 잡아야 한다. 그들이 힘들더라도 오랜 시간이 걸리더라도 반드시 살이 빠져서 정상 체중까지 갈 수 있다는 확신을 주어야 하고, 내가 바뀐 삶처럼 그들 또한 새로운 삶을 살게 하는데 이유가 있다.

돈에 욕심이 생기면 한도 끝도 없다. 돈만 보고 살아야 하므로 절대로 잘 사는 사람으로 살 수가 없다. 예를 들어서 체중이 덜 빠지게 식단을 줄 수도 있다. 그렇게 되면 19만 원을 더 벌 수도 있다. 하지만 오랜 기간으로 보면, 손해를 보는 것은 나 자신이다. 남들은 속일 수 있다. 하지만 나를 어찌 속이겠는가? 남들은 모르겠지만 나 자신은 알고 있기 때문에 속일 수가 없다.

관리 인원도 다섯 명을 넘기려 하지 않는다. 사람의 수가 많아지면 기존에 있던 회원에게 소홀할 수밖에 없기 때문이다. 사람이 많아지면 늘어난 수만큼의 돈을 벌 수는 있겠지만, 내 제자들을 속이면서 번 돈은 필요가 없다. 내가 진정으로 제자들에게 대해주면 신규 회원을 굳이 내가 영업하듯 하지 않아도 된다.

제자들 또한 실제로 경험을 한 사람이고, 건강한 다이어트라는 판단이 되면 제자들이 알아서 영업해올 것이다. 내 소중한 제자를 절대로 돈으로 볼 수가 없는 이유가 여기에 있다. 부자가 되겠다고 생각하면서 아등바등 하면서 살아본 경험으로 봤을 때 부자가 되지 않았다. 경험을 해봤기 때문에 돈에 대한 욕심은 없다. 욕심을 내봐야 돈이 나에게 오지 않았기 때문에 평생을 돈 욕심 내면서 살지 않을 것이다.

내가 하고 싶은 일을 하면서 행복하게 살아간다면 돈은 오지 말라고 해도, 따라올 것으로 생각하고, 부자로는 못 살겠지만, 잘 사는 사람으로 산다는 것에 한 치의 의심을 하지 않는다. 계속해서 지금처럼 알리는 것이 내 소명이자 내가 가야 할 길이다. 그러니 꾸준히 말하고 다닐 것이다. 뚱뚱하면 다이어트를 하라고, 아픔이 있다면 글을 써보라고 말할 것이다.

본인 스스로를 깎아 내리는 사람이 있다면, 본인 스스로를 사랑하라고 말할 것이다. 난 글을 쓰는 작가다. 작가는 어떤 글이든 마음대로 쓸 수가 있다. 어떤 누구도 내 글을 대신 써줄 수가 없다. 인생도 마찬가지다. 어떤 인생이든 마음먹은 되로 살 수가 있다. 어떤 누구도 내 인생을 대신 살아줄 수가 없다. 열등감 속에 갇혀 불행한 연기자가 될 수도 있고, 가난했지만 열심히 살아서 누구보다도 잘 사는 연기자가 될 수도 있다.

난 내 가치를 올리고 있는 중이다. 죽을 때까지 계속해서 내 가치를 올릴 것이다. 처음 다이어트 일을 할 때, 왜 사람들이 나를 믿지 않는 것에 속이 상했었다. 나를 알지 못하는 사람들은 더욱더 인정하지 않았다. 그래서 있는 그대로를 받아들였다.

"나를 알아보는 사람이 없는 것은 당연하지! 지금 세상의 어떤 세상인데 사람을 믿겠어?"

이렇게 인정을 했더니 새로운 할 일이 생겼다. 알아보는 사람이 없으면 알아보게끔 만들면 된다는 결론이 나왔다. TV조선 내 몸 사용설명서 제작진에게 섭외 요청이 왔을 때는 출연을 했고, 다이어트 사업을 하면서 지역 카페에 홍보도 했다. 이상한 사기꾼 취급을 받는 경우도 있었지만, 내가 가야 할 길이니 상처 같은 것은 남의 일이었다.

제자들이 한두 명 늘어나고, 그 제자들로 인해 이호재라는 사람을 몰랐던 사람들도 알게 될 것이다. 급할 것은 없다. 급하게 마음을 먹는다고 해서 달라지는 것도 없으니 말이다. 제자들과 함께 진심으로 대화를 하고, 나의 비전도 말하고 그들의 인생 비전도 들으면서 돈이 아닌 원석을 예쁜 보석으로 다듬어가는 시간을 보냈다.

다이어트 글을 쓰면서 제자들이 겪었던 에피소드도 또 평생을 다이어트하면서 엄청난 비용과 좌절감 그리고 상처를 고민하면서 같이 만든 책이 "다이어트, 상식을 깨다"로 출간되었고 같이 기뻐해 주고 축하해주었다. 무엇보다 내 가치 또한 조금은 올리는 계기가 되었다. 세상에 내 이름이 적어도 수백 명은 알게 된 계기가 되었을 것이다.

이미 유명세를 탄 베스트셀러 작가들은 많다. 어쩌면 내가 그들보다 더 행복한 사람일 수는 있다. 어쩌면 내가 그들보다 더 잘 사는 사람일 수도 있다. 나는 나를 만족하면서 산다. 나는 나 스스로가 행복한 사람이라고 생각하고 산다. 과거에도 그랬고, 지금도 그럴 것이고, 앞으로도 변함없이 난 과정을 즐기면서 살 것이다.

잘하는 사람은 즐기는 사람을 이기지 못한다고 했다. 내 인생은 내가 만드는 것이고 내가 주인공이다. 세상은 나를 중심으로 돌아간다고 생각하고, 내가 없으면 세상도 없다고 생각한다. 때로는 엑스트라로 살 수도 있다. 그렇다고 불행한 것은 아니다. 언젠간 주인공으로 살 것이니 그 과정을 즐기면서, 어떤 드라마에서도 나오지 않은 내 인생의 드라마 속 주인공으로 행복하게 그렇게 해피엔딩을 하겠다.

내 인생의 작가 또한 나이기 때문이다.

세상은 내가 만들어간다

이 세상에 하나밖에 없는 것이 있다. 그건 "나"다. 나는 이 세상에 하나밖에 없는 소중하고 귀한 사람인 것이다. 세상에는 귀하지 않은 사람은 없다. 태어날 때부터 소중하고 귀하고 사랑과 축복 속에서 태어났다. 나 자신을 돈으로 환산을 해보고 싶지는 않지만 만약에 돈으로 계산한다면 얼마일까?

이건 나 자신밖에 알 수가 없다. 어떤 삶을 살아가느냐에 따라서 가치는 올라갈 수도 아니면 없을 수도 있을 것이다. 세상을 원망하고, 매일 미친 듯, 술을 먹고 울면서 살 때는, 내 가치는 아마도 없었을지도 모른다. 소중하고 귀한 시간에 나 자신을 학대하면서 살았으니 무슨 가치 있는 삶이라 하겠는가? 하지만 가치 없는 시기가 없었다면 지금의 나 또한 없었을 것이다. 아파했기 때문에 웃을 수도 있다. 그것 또한 소중한 내 삶의 일부다.

어제 근사한 외식을 하고, 기억에 남을 만한 영화 한 편을 봤던, 다시는 오지 않을 추억이다. 어제가 즐거웠다고, 오늘도 즐거운 일이 생긴다는 보장은 없다. 오늘 하루 또한 내가 어떤 삶을 만들지는 결정을 해야 한다. 어떤 누구도 대신 결정해줄 수가 없다. 꿈이 있냐는 질문을 자주 하는 편이다. 그 사람의 꿈이 궁금한 것도 있지만 꿈을 위해 무엇을 하고 있는지가 더 궁금해서 물어본다. 배울 점이 있으면 배우려고 노력을 한다.

사람은 누구에게나 배울 점이 있다. 과거의 음식 장사를 했기 때문에, 식당을 가더라도 절대 하지 않는 것이 있다. 그것은 평가다. 맛이 있던, 없던, 평가하지 않는다. 맛이 있고 친절했다면 재방문을 하면 되고, 음식도 맛이 없으면서 불친절까지 했다면 다시는 안 가면 된다. 장사가 잘 되는 집은 이유가 있다. 물론 망한 집도 이유가 있다. 잘되는 집에서는 무엇 때문에 잘되는지 배우면 되고, 망한 집에서는 망한 이유를 알아서 그렇게 안 하면 된다.

과거의 내가 어떤 삶을 살았던 소중한 추억으로만 남기면 되지 지금은 하나도 중요하지 않다. 과거의 부자였다고, 우울해할 필요도 없고, 과거의 가난했지만, 지금은 부자라고 해서 자만하지 않으면 된다. 우울해한다고 다시 과거처럼 부자로 돌아가는 것도 아니다. 앞으로 더 가치 있는 삶을 살아간다면 기회는 얼마든지 온다. 정말 불쌍한 사람은 꿈이 없는 사람이라고 한다. 내가 생각해도 맞는 말이다.

꿈이 있어야 그 꿈을 이루기 위해 하루하루를 살 것이고 그 과정을 즐기면서 행복한 나날을 살아간다면 그것이야말로 잘 사는 사람이 아닐까 생각한다. 지금 이 순간, 모든 것에 감사하고 행복함을 느낀다면 참으로 좋을 것 같다. 난 이미 경험을 하고 있으니 좋을 것이 아니고 좋다! 라는 말을 감히 한다. 세상에 꿈이 없는 사람이 있을까? 세상에는 그런 사람은 단 한 사람도 없다. 단지 지금 당장 바쁘고, 돈에 쫓기고, 삶의 무게 앞에 눌려있어서 꿈을 잠시 잊고 있는 것뿐이지, 누구나 꿈은 있어야 한다고 생각하고 반드시 있어야 하는 것이 맞다.

꿈이라고 말을 하니 거창하게 들릴 수도 있을 것이다. 그럼 하고 싶은 것을 말하면 된다. 지금 현실에서는 내가 할 수 있는 일을 하는 것이 맞다. 내 환경을 탓하면서 안 하는 것보다는, 일단 하는 것이 좋다. 내가 몇 살까지 살 수 있을까? 생각해 본 적은 아마도 한 번쯤은 누구나 하지 않았을까 생각이 든다. 나 또한 과거의 생각해 본 적이 있다. 결론은 안 죽을 것 같았고 늙지 않을 것 같았다. 그래서 몇 살까지 살 것인가 답을 내리지 못했다. 답을 못 내린 것은 아마도 겁이 나서 안 내린 것일 수도 있을 것이다.

꿈은 미래에 내가 하고 싶은 것을 말한다. 40년 뒤에 하고 싶은 일이 있을 것이고, 30년 뒤에 하고 싶은 일이 있을 것이다. 2018년도에 나의 꿈은 내 직업을 "작가"로 소개를 하고 싶었다. 1월에 "다이어트, 상식을 깨다"를 출간 계약을 했고, 3월에 세상의 빛을 볼 수 있었다. 그렇게 난 작가가 되었다.

2028년도에도 나는 하고 싶은 것이 있다. 그건 바로 지금 다니고 있는 직장을 그만두는 것이다. 나뿐만이 아니고 대한민국 직장인 중에는 이런 꿈을 꾸는 사람이 적지 않을 것이다. 물론 직장을 구하지 못해 애간장이 타는 사람들에게는 사치스러운 꿈일 수도 있겠다. 하지만 직장생활을 그다지 좋아하는 스타일이 아니다. 직장을 좋아하는 스타일이 있을까만은 나와 직장생활은 전혀 맞지 않지만 먹고살아야 하므로 지금도 다니고 있다.

사람은 숨을 쉰다. 숨을 쉬지 않으면 사람은 죽는다. 하루도 빠짐없이 숨을 쉬지만 우리는 산소의 '고마움'을 느끼지 않는다. 직장생활도 마찬가지다. 회사는 직원을 고마워하지 않는다. 직원도 회사를 고마워하지 않는다. 서로 필요 때문에 다니고 있는 것이고 고용을 하는 것뿐이다. 지금은 회사에서 매달 입금이 되는 월급 때문에 아직은 필요하다. 만약에 그 돈이 안 들어와도 된다면, 직장생활은 더는 다닐 이유가 없다.

회사 또한 마찬가지다. 직원들이 필요가 없어지면 더는 고용을 할 필요가 없다. 연차가 없는 회사다 보니 개인적인 사정이 있어도 일일이 사생활을 이야기해야 하고 양해를 구하면서 잠시 자리를 비울 수 있다. 마치 학생이 선생님 대하듯 하는 것이 싫다. 방송에서 섭외가 들어와도 주말밖에 시간도 없고, 그 남아 거래처 행사가 있으면 그마저도 양보해야 하니 내 가치를 올리는 삶의 방해가 되기 때문에 10년 후인 2028년도에는 직장생활을 안 했으면 한다.

10년 후, 꿈을 이루고 하고 싶은 일을 하려면, 지금 생활에 충실해야 한다. 변함없이 회사도 잘 다니고, 다이어트 일도, 제자들과 진심으로 소통을 해야 한다. 매일 하루 한 페이지라도 책을 읽고 한 줄을 쓰더라도 매일 글을 써야 한다. 억지로 하라고 하면 못하겠지만, 내가 원하는 것을 얻기 위해 길고 긴 과정을 즐기면서 행복하게 할 것이다.

그냥 사는 세상보다는 만들어가는 세상이 더 즐겁다. 내가 만든 나만의 인생이니 얼마나 소중할까 확신한다. 40년을 그냥 살았다. 아무 생각 없이 살았다. 무언가를 해보고 싶은 여유조차 없다고 핑계를 대면서 살았다. 일하고 밥 먹고 잠자고 살았다. 앞으로 내가 살아야 할 시간이 40년보다 더 많이 남아있다. 이제는 늦었지만 그렇게 살고 싶지 않다고 느끼면서 살아간다.

아프고 세상을 원망하는 삶을 경험했고, 지금은 행복한 삶을 경험하는 중이다. 내가 글을 쓰는 이유 중 하나가 여기에 있다. 있는 그대로 내 삶의 경험을 전하고 싶었다. 나 같은 사람도 정신을 차리면서 앞이 보이기 시작했고, 시간이 지나갈수록 시야는 점점 더 넓어졌다. 세상을 크게 보니 하고 싶은 것이 많았고, 늦더라도 포기하지 않고 해보려고 한다.

뚱뚱했던 내가, 다이어트 선생님으로 살아가고 있다고 말하고 싶었다. 책을 읽어 본 적도 없는 내가 두 권에 책을 출간할 수 있는 경험을 말하고 싶었다. 자랑하고 싶어서 글을 쓰지 않았다. 자랑보다는 내 치부가 더 많이 쓰여 있는 것이 내 글이다. 내가 잘나서 글을 쓰는 것이 아니고, 나처럼 못난 사람도 글을 썼으니 당신도 썼으면 해서 글을 썼다. 나에게 살 좀 빼라고 권유했던 사람을, 내가 다이어트에 대해 조언을 하고 있다. 그러니 당신이 비만이라면 다이어트하고 싶다는 마음에 들게끔 글을 쓰고 싶었다.

하고 싶은 일이 있다면 했으면 하는 마음으로 글을 쓰고 싶었다. 한 번뿐인 없는 인생이지만 실수를 했으면 고치면 되고, 아팠다면 이제는 아프지 않게 살았으면 한다. 누구나 세상에서 단 하나뿐인 없는 아주 소중한 사람이기 때문이다. 어떤 사람도 내 인생을 만들어 줄 수가 없다. 오로지 나 스스로만 만들 수 있기 때문에 하루라도 빨리 만들기를 바란다.

감사하는 마음으로 살자

내 나이 마흔세 살이다. 몇 년을 더 살지는 아무도 모른다. 훗날 몸이 병들고 세상과 이별을 할 때 가족에게 하고 싶은 말도 있겠지만, 나 스스로 물어보고 싶은 말이 있다.

"한 평생 잘 살았냐고?"

그 질문에 세상을 살아보니 살만했고, 잘 즐기다 갈 수 있어서 너무나 감사하다고 대답을 했으면 하는 마음으로 살아가고 있다.

돈이 있으면 행복할 것 같았고, 잠을 많이 자면 행복할 것 같았다. 부자가 아니어도 좋으니, 남들처럼만 살고 싶었다. 나를 제외한 모든 "남들" 전부를 부러워하면서 살았던 것 같다. 나만 가난하다고 생각을 했고, 나만 죽어라 일하면서 사는 줄 알았다. 내가 나를 오랜 기간 미워하면서 자신의 자존감을 깎아내리면서 고통을 주면서 바보처럼 살았었다.

나 하나로 끝이 나는 것도 아니고, 아내를 원망하고 미워하고, 세상을 원망하고 살았다. 나는 무엇을 해도 안 될 놈이라고 자책하고 나는 언제까지 이렇게 힘들게 살아야 하나 하는 자괴감에 빠져, 헤어 나오지 못했었다. 주위 사람들이, 온갖 의미 있는 말로 애써 나를 위로해주는 것 또한 달갑지 않았다. 그 말을 하는 사람들은 나보다 지금의 환경이 좋으니 이런 말을 할 수 있다고 생각했기 때문이다. 세상과 소통이 안 되었으니 고집불통이었다. 그래서 이제는 알 수가 있고 말할 수가 있다.

"남들"을 의식하는 순간부터 불행은 시작이 된다고 말할 수 있다. 대체 남들이 뭐라고 왜 그런 무의미한 것에, 나 스스로 아픔을 주었는지, 이해를 못 하는 것은 아니다. 답답한 터널을 빠져나오지 못해 몸부림쳤던 것 같다. 나 자신을 속이고 오직 이해관계도 없는 남들에게 어떻게 보이는 것을 중요시했던 못난 나였다.

관심을 받고 싶었고, 사랑도 받고 싶었고, 능력 있다고 인정도 받고 싶었다. 물론 대부분의 사람이 그러해지고 싶어 한다. 그것은 인간의 본능이니 어쩔 수가 없다. 하지만 그것이 본능이라고 할지라도 대부분의 사람은 아파하고 세상을 원망하고 살지는 않는다. 그것 또한 정상적인 것이다. 멍청하고 바보처럼 살았기 때문에 또 한 가지를 말할 수 있다. "나를" 사랑하면서부터 행복은 시작된다고 말이다.

나를 사랑했더니 세상 모든 것이 달라 보였다. 원망했던 세상이 어찌나 아름답게 보이는지 뚱뚱하지만 아직은 죽지 않을 만큼 건강도 심각한 수준이 아니어서 얼마나 다행으로 보였는지 모르겠다고 생각을 했고, 많다고 생각했던 나이 마흔이 이제 마흔이라 생각했고, 세상 저주받은 뚱뚱한 내 몸을, 살 좀 빠지게 다이어트해볼까? 생각했고, 월세 지하방 살면서 영원히 내 집을 갖는 건 꿈도 꿔서는 안 된다는 생각에 세상을 원망하던 내가, 아이들 세 명 키우면서 월세를 살 수도 있지? 그리고 집을 못 산다고 내가 잠을 못 자는 것도 아닌데 하면서 세상을 달리 보기 시작했다.

내가 남들보다 없다는 것에 긴 시간을 생각하고 아파했다. 그래서 내가 가진 것이 무엇이 있나 하고 생각도 한번 해봤다. 긴 시간이 지나지 않았음에도 생각보다 내가 가진 것이 많다는 것을 생각하게 되었다. 나에겐 아빠는 없지만, 아직도 건강한 젊은 엄마가 있고, 내 동생이 있고, 내 인생의 절반 이상을 함께한 아내가 있고, 가난한 환경에서 또 어린 부모 밑에서 건강하게 성장해준 아이 셋이 있었다.

남을 의식하면서 아파했던 감정이 시간이 지나면 지날수록 부끄러워졌다. 세상은 언제나 제자리에 있지만 내가 세상 곁을 가지도 않았음에도 불구하고 세상을 원망했었다. 세상은 나를 위해 모든 것은 만들어 넣고 내가 오기만을 애타기 기다리고 있었다는 사실을 몰랐다.

버스비 1,300원으로, 내가 힘들게 걷지 않아도 됨을 알게 되었고, 수많은 요리연구가가 나를 위해 맛있는 음식을 끊임없이 연구하고 있다는 것도 알게 되고, TV에 나오는 수많은 연기자가 연기를 하고 가수는 노래하고 나를 즐겁게 해주려고, 수천 명의 연예인들이 노력을 하면서 산다고 생각을 했더니, 내가 마치 뭔가 대단한 사람처럼 느껴지기도 했다.

돈이 없어도 예쁜 공원에 산책할 수 있게 세상은 이미 나를 위해 많은 것을 준비했었다. 다만 내가 즐기지 않았고, "남들"을 위해 만들어 놓은 것이라고만 생각했다. 나를 주인공으로 내가 그렇게 나를 만들었다. 그랬더니 모든 것이 감사하게 느껴지고 있었다. 나를 위해 세상은 그렇게 큰 노력을 했음에도 감사하게 생각하기는커녕 오히려 원망하고 있었으니 이 얼마나 모자란 생각을 했었는가?

그렇다. 이제는 늦은 감도 없진 않지만, 아직도 50년을 즐길 수 있는 시간이 있다. 돈이 있어야 꼭 행복한 것은 아니다. 돈이 많이 있으면 좀 더 편안하게 살 수는 있지만 좀 불편하게 살면 어떠한가? 불편함 속에서 또 다른 행복을 느끼면 되는 것이다. 고급 차를 운전하면 모양새 나고 좀 더 빨리 갈 수는 있을 것이다. 하지만 버스를 타면 운전하면서 보지 못한 풍경이 보이고, 다른 사람들의 살아있는 표정을 볼 수도 있을 뿐만 아니라, 평소 시간이 없어서 보지 못 했던 책 또한 읽을 수 있다. 좋게, 좋게 생각하니 모든 것이 감사했다.

이 시간 이렇게 글을 쓰고 있는 이 순간 또한 얼마나 감사한 일인가? 글을 쓰는 데는 심지어 돈이 들어가지도 않고, 과거를 돌아볼 수 있는 계기가 되니 고마운 일이고, 나 자신에 대해 행복한 일이다. 이처럼 생각하는 것처럼 인생이 된다는 것을 누구보다 잘 알고 있기에 이 글을 읽는 모든 분이 과거의 나처럼 바보같이 살지 않았으면 한다.

생각이라는 것은 오로지 과거와 미래를 생각하는 것이다. 지금 이 순간을 생각할 수 있는가? 지난 과거의 목을 맬 필요도 없고, 다가오지 않은 미래를 애써 생각할 필요도 없다. 오늘 하루를 감사한 마음으로 보내고 또 내일이 오면 그 하루 또한 또 감사하게 살면 된다. 남을 미워하고 세상을 원망할 시간에 소중하고 귀중한 시간이 흐른다는 것을 잊지 않았으면 한다.

요즘 블로그를 보면 감사일지라는 것을 하는 사람들이 종종 보인다. 그들은 일상이 감사해서 감사하는 것이 아니다. 안 좋은 일이 생겨도 감사하다고 생각한다. 이만큼만 아파서 감사하다고 말하는 것처럼, 일상이 그런 식이다. 감사하다고 생각해서 행복하기 바라는 것보다는, 감사하다고 생각해서 본인 스스로를 위안하는 것으로 보인다.

인생을 영화로 표현하는 경우가 있다. 이제 인생 2막 중 겨우 1막이 끝이 난 것으로 생각했었다. 영화는 감독과 스텝 그리고 배우가 만들어간다. 하지만 인생은 나 자신이 감독이고, 스텝이고 배우다. 영화 전반부를 찍으면서, 걸음마도 배우고, 학교도 12년 다녔고, 결혼생활 23년째 하고 있다. 학교생활 12년도 모자라서 결혼 공부, 아픔 공부 또한 했다. 완벽하게 영화 후반부가 준비는 되지 않았지만 난 남은 후반부 또한 감사하는 마음으로 즐기려고 노력할 것이다.

열심히 하는 사람은, 즐기는 사람을 이길 수 없다고 했다. 내 인생이 어떤 식으로 펼쳐질지 매우 설렌다. 때로는 아픔도 올 것이고, 때로는 기쁨을 주체 못할 만큼, 분에 넘치는 행복을 받을 수도 있을 것이다. 사랑을 받는다고 자만해서도 안 되지만 아픔을 받는다고 상처로 남길 이유 또한 없다고 생각한다. 어떤 것을 선물로 받는다고 해도, 감사하는 마음으로 받아들이면 된다.

아내가 있어서 감사하다. 자식이 있어서 고맙다. 하지만 내가 있어서 더욱 감사하다. 나를 위해 준비한 세상을 오롯이 나 자신을 위해 한평생 즐기면서 살고 싶다.

"세상 신명 나게 잘 놀다 갑니다."

꼭 이 말을 나 자신에게 했으면 한다. 아니 반드시 그렇게 만들 것이다. 원도 한도 없이 웃으면서 죽었으면 좋겠다.

세상에 있는 단 하나 그것은 나 자신뿐이다.

제4장

행복을 방해하는 핑계들

"닥치고 해라." 행동을 먼저 하면서 살지 않았다. 입에서 먼저 말을 하고 행동은 나중이었다. 그리고 투덜대면서 하지 않으려고 온갖 노력을 하면서 살았더니 주위 사람들이 힘들어했고 또 가족이 힘들어했으며, 심지어 나를 힘들게 했다. 세상 온갖 핑계를 다 되면서 나는 왜 이렇게 불쌍하게 살아가는지 세상을 원망하면서 살았었다. 그러나 이제 나 스스로 가장 좋아하는 말 "닥치고 해라"가 되었다.

돈이 없다

살면서 한 번도 돈이 많이 있어 본 적이 없었다. 어릴 적 어른이 되면 집은 당연히 있는 줄 알았고, 고급 차에 해외여행을 밥 먹듯이 가는 줄 알았다. 무엇보다 부자가 되면 잘 사는 사람이 된다고 생각했었다. 그런 생각 때문에 돈에 노예가 되어, 내가 어떤 무엇을 하든 잘했음에도 불구하고 난 세상에서 가장 못난 불쌍한 사람으로 살았던 것이었다. 하고 싶은 것이 무엇인지도 몰랐고, 내가 좋아하는 것은 무엇인지, 내가 원하는 것은 무엇인지, 심지어 내가 누구인지도 모르고 살았었다.

돈이 없다고 그래서 내가 행복하지 않다고 생각했었다. 한때 어른들이 말을 했다. 때가 되면 돈이 생길 것이라고. 하지만 받아들일 수가 없었다. 지금 당장 돈이 없다는 이유에서 그랬다. 지금 생각하면 참으로 나란 사람은 괜찮은 사람이었다. 어린 나이에 결혼생활을 해서 어린 아내와 아이 셋을 낳고 잠자는 것을 포기하면서 쉬지 않고 죽어라, 일을 했으니 그것만으로도 괜찮은 사람 아닌가? 또 잃어버린 아내의 꿈을 찾아주려고 노력도 한다.

내가 열심히 사는 모습을 보여주면, 아내 또한 무엇인가 하고 싶은 일이 생기지 않을까 해서, 단 한 번도 허투루 시간을 보낸 적이 없었던 것 같다. 괜찮은 사람임에도 불구하고 돈이 없다는 이유로 스스로 불행한 사람을 만들었으니 돈이라는 것이 참 무섭기도 하다. 돈이 많으면 여유롭게 살 수 있다. 돈 때문에 하기 싫은 일을 하는 사람이 어디 한둘일까? 돈은 참으로 유용하기도 하지만 어찌 보면 냉정할 만큼 무섭기도 하다. 물론 나 또한 돈이 없는 것보다는 있기를 바란다. 돈이 많아지면 내가 아는 모든 사람에게 진심은 아니겠지만 겉모습으로는 존경까지 받을 수도 있을 것이다.

내 모습을 진심으로 바라보지 않겠지만, 내가 가지고 있는 돈은 진심으로 바랄 수 있는 것이, 사람의 마음이라 그럴 것이다. 그들이 원하면 돈은 많으니 적당한 선에서 그냥도 줄 수 있겠지만, 돈이 없는 내 입장에서는 상상 속의 일들이다. 돈이라는 것은 없는 것보다는 많이 있으면 있을수록 좋은 녀석이다.

하지만 내가 가진 능력 이상을 바라면서 아파할 필요는 없다. 아파한다고 돈이 생기면 아파하겠지만 내가 아무리 아파한다고 해서 돈은 1원도 늘어나지 않는다. 오히려 술만 더 먹게 되어서 돈이 더 없어지게 된다. 수십 년간 내가 그렇게 살아봐서 잘 안다.

있는 그대로의 내 모습을 인정하고 하나도 빠짐없이 전부를 받아들이면 된다. 그리고 어떤 누구와 비교 따위 절대로 하지 않는 것이 좋다. 남들을 비교하면 아프지만, 남들은 그냥 남들이라고 생각하면 내가 아프지 않았다.

부자라고 하루에 열다섯 끼를 먹지 않는다. 그들도 우리와 같이 하루 세 끼만 먹는다.

부자라고 해서 하루 25시간이 아니다. 그들도 나와 같은 하루 24시간이다.

부자라고 해서 얼마나 좋은 음식을 먹을까? 그들도 우리와 같은 비슷한 음식을 먹는다.

부자는 그냥 돈이 많은 사람을 우리가 부자라고 총칭하는 것뿐이지, 부자가 무슨 벼슬이거나 위대한 업적을 남긴 사람이 아니라는 뜻이다.

행복한데 있어서 부자와는 전혀 상관이 없다.

"나도 돈만 있으면 행복할 텐데?"

생각하는 사람이 있을 것이다. 내가 항상 그렇게 말하고 다녀서 잘 안다. 하지만 지금도 돈이 없지만 난

"행복한 사람."

이라고 말하고 다닌다. 내가 돈이 없기 때문에 미쳤나? 혹은 돈이 없기 때문에 자격지심이라고 생각할 사람도 있겠다. 하지만 어떤 누가 어떤 대답을 해도 상관없다. 남들의 시선에서 벗어나 살기 때문이다. 오롯이 나 스스로만 행복하면 그뿐이다. 부자가 나에게 돈이 없는데 어떻게 행복하냐고 말을 한다면, 그럼 당신은 행복하냐고 되물어 볼 것이다. 또 돈이 없는 사람만 돈 걱정을 하고 살까? 돈이 많은 부자가 돈 걱정은 더 많이 하고 산다.

돈이 없는 사람은 돈이 없기 때문에 특별히 돈에 대해 생각을 하고 살지는 않지만, 돈이 많은 사람은 24시간 돈 생각만 하면서 살 수도 있다. 돈이 없는 나 같은 경우에는 돈을 잃어버리고 싶어도 없어서 잃어버리지도 않지만, 돈이 많은 부자는 어떤 누가 본인의 돈을 가져갈까? 노심초사하면서 살 것이다.

내가 나를 사랑하기로 마음을 먹고, 제일 먼저 한 것이 있는 그대로를 인정했다. 세상을 부정하면서 살았던 내가 삶을 부정하지 않았고, 도망가거나 숨거나 하지 않았다. 지금까지 잘 살아온 것처럼 앞으로도 지금처럼만 살아도 꽤 괜찮은 삶을 살 수 있을 것이라는 판단을 했다.

여전히 그때나 지금이나 삶이 녹록지는 않다. 하지만 분명한 변화가 있다. 그것은 지금은 행복하게 살고 있다는 것이다. 내가 나를 사랑하기 위해 "다이어트"를 결심했고, 또 나는 돈이 없는 사람이라서 한 달에 수십만 원에 달하는 비용을 지불할 수가 없었기에, 돈이 들어가지 않는 다이어트를 했다. 돈을 10원짜리 하나 쓰지 않았음에도 불구하고 30kg이나 감량을 했고, 지금은 다이어트 선생님으로 살고 있는 것이다.

꼭 돈이 있어야 다이어트를 하는 것도 아니다. 내가 직접경험을 해봐서 누구보다 잘 안다. 취미 생활을 하기 위해서는 값비싼 비용을 지불하는 사람도 있을 것이다. 하지만 나는 다이어트 기간 243일 동안 다이어트가 취미가 되었다. 어떤 누구도 나에게 관심을 주지 않았지만, 다이어트 이후 수많은 사람에게 뜨거운 관심을 받았다. 버거울 정도의 칭찬도 받았다.

여자가 화장하고, 짧은 치마를 입는 것은, 관심을 받기 위함이다. 하지만 내 건강에 좋자고 시작한 다이어트로 인해, 돈 한 푼 안 들이고 관심과 사랑을 받았다. 그러니 행복하지 않다고 어찌 말하겠는가?

어디 이뿐만인가? 다이어트 이후 더는 다이어트를 하지 않아도 되는 몸이 되어서, 다른 취미를 가지고 싶었다. 물론 또 돈이 없으니 돈 안 들이고 할 수 있는 취미를 생각해봤다. 내가 가장 좋아하고, 하고 싶어 하는 것이 무엇이 있을까? 생각하니 다이어트를 안 해도 되는 몸임에도 불구하고, 여전히 다이어트에 목이 말라 있었다.

그래서 선택한 것이 주위에 뚱뚱한 사람들 살을 대신 빼주자고 생각했다. 그들과 하루에도 수십 번의 카톡을 주고받으면서 그들과 소통을 할 수 있었고, 소통하는 과정에서 그들이 고도비만으로 인해 심적으로 상처가 있다는 것을 알게 되었으며, 그들이 평생 한 다이어트가 전부 하나같이 잘못된 돈벌이로 인해 그들이 희생양이 된 것이 안타까웠다. 제자들에게 재능 기부를 했고, 더 낳아가 더 이상 이런 희생양이 조금이라도 없어지게 하고 싶은 마음에서 알리고 싶었다. 그래서 나온 저서의 첫 번째 책이 "다이어트, 상식을 깨다."였다.

알리고 싶어서 글을 쓰기 시작했다. 글을 쓰려고 하니 자연스럽게 책을 읽었다. 다이어트 이후 또 다른 취미가 생긴 것이다. 이 또한 돈이 들어가지 않는다. 물론 작가는 많은 돈을 벌지도 못하지만 적은 돈이라도 받으면서 내가 쓰고 싶은 글쓰기를 할 수가 있다. 글을 쓰면 좋은 점이 다이어트만큼 장점이 많이 있다. 다이어트로 인해 인생이 바뀐 사람이 한두 명이 아니지만, 글쓰기를 통해 인생이 바뀐 사람도 수두룩하다.

글을 쓰는 이 순간 마음이 차분해지고, 가슴 한구석에 있었던 가슴 아픈 상처도 치유가 된다. 글을 써서 마음이 차분하고, 상처도 치유를 받는 작가의 삶이 어찌 행복하지 않다고 말할 수 있겠는가? 돈이 없으면 돈 생각을 안 할 수가 없지만, 그렇다고 돈으로 인해 아파하지 않았으면 한다.

돈이 많은 사람은 부자일 뿐 잘 사는 것과는 거리가 멀다. 부디 행복하게 잘 사는 사람으로 살았으면 한다.

시간이 없다

뚱뚱하지만, 항상 해맑은 미소를 보이는 막둥이이자, 셋째 아들이 2018년 새해 열두 살이다. 엊그제 태어난 것 같았는데 벌써 초등학교 5학년이다. 이럴 때 보면 세월이 빠르다 못해 순식간에 지나가는 듯하다. 막둥이가 태어나기도 전에 일이다. 자정을 넘기면 천근만근 한 몸을 일으켜 세워 신문보급소로 향했다. 신문 배달 500부를 시간에 쫓겨 정신없이 배달을 마치면 곧장 신문 배달 복장 그대로 수원 삼성전자로 이동을 한다. 그곳에서 아침을 해결하고 야근까지 하고 가면 저녁 8시가 되어야 집으로 갈 수 있었다. 그렇게 하루 3시간을 자면서 살았던 추억이 떠오른다.

당시에는 죽을 것 같았다. 어쩌면 죽는 것이 낫다고 생각한 적도 여러 번 있을 정도로 고통의 연속이었다. 사는 것이 매일 불행했다. 하루 다섯 시간만 잘 수 있다면 소원이 없었다. 안 해봤으면 모를까? 다시 저런 삶을 살라고 한다면 이번엔 못할 것 같다. 시간이 없었고, 여유가 없었던 시절이다. 당연히 꿈 또한 없었을 시기다. 그냥 기계처럼 살았었다.

요즘은 승용차를 이용하지만, 가끔 지하철을 타거나 버스를 타거나 기차와 같은 대중교통을 이용할 때 보면 언제인가부터 이상한 장면을 목격할 수 있다. 버스에 타면 대부분의 사람이 스마트폰을 주시하고 있다. 지금은 내 입장에서 보면 이상한 장면으로 보일 수 있겠지만, 과거에는 알지 못했다. 나 또한 대부분의 사람처럼 똑같이 스마트폰만 쳐다보았으니 그들이 무얼 하고 있는지 알수가 없었기 때문이다.

시대가 시대인 만큼 스마트폰을 안 하고 산다는 것은 불가능에 가깝다. 안하는 사람도 꼭 반드시 배워야 할 것이 스마트폰이다. 뉴스도 볼 수 있고, 사진도 찍을 수 있고, 각종 SNS도 해야 하는 시대이다. 하지만 대부분의 사람이 제일 많이 하는 것이 게임이다. 나 또한 게임을 안 한 지는 그리 오래되지 않았다. 하트를 주고받는 게임을 매우 좋아했다. 뮤 온라인 게임도 한 2년쯤 했다.

머리 좋은 사람들이 모여서 만들어서 그런지 게임이 아주 재미가 있다. 반나절이 금방 지나갈 만큼 시간 가는 줄도 몰랐다. 직장생활을 하면서 평일에는 게임을 할 수 있는 시간이 없지만, 주말이 되면 온종일 게임을 한 적도 여러 번 있었다. 소중하고 귀한 시간을 시간 보내기 용도로 안성맞춤이었다.

하고 싶은 것도 없으니 무엇을 해야 할지도 몰랐고, 가만히 넋 놓고 있자니 심심하니 자연적으로 게임을 한 것이다. 만약 어떤 지인이 나에게 취미가 없냐고 물어보거나 꿈이 없냐고 물어봤다면 아마도 나는 "시간이 없다"라는 평계를 댔을지 모르겠다. 솔직히 틀린 말은 아니다. 하고 싶은 것이 있다면? 아마도 나는 게임을 하지 않았을 것이지만 당시에는 게임보다 더하고 싶었던 것은 없었다. 게임이 내 삶의 가치를 올려주지 않는다는 것도 안다. 하지만 당시에는 내 가치를 나 스스로가 올려야 하는 줄 몰랐고, 가치 또한 왜 올려야 하는지 생각조차 하지 않았다. 한마디로 그냥 되는 데로 살았던 것 같다.

나를 포함한 대부분의 사람은 시간을 허투루 쓰면서 산다. 그러면서 시간이 없다는 핑계를 참 많이도 댄다. 작가의 삶을 살면서 나는 책 읽기와 글쓰기에 전도사가 되었다. 내가 직접 해보니 책을 읽거나 글을 쓰는 것이 좋았다. 큰돈도 들어가지 않고, 삶의 질이 높아졌기에 적극적으로 알리고 있다. 하지만 대부분의 사람은 "시간이 없다"라고 말한다. 책 한 권을 정독하는 시간은 3시간~5시간이면 충분하다. 한 달에 다섯 시간이 없다는 걸까? 한 달에 한 권만 읽어도 1년이면 열두 권이 된다. 우리나라처럼 책을 멀리하는 나라도 드물다고 한다.

물론 나 또한 2107년 11월까지는 책을 읽어보지 않았고, 글을 써본 적도 없다. 그렇기 때문에 이해를 한다. 하지만 그런 내가 해보니 좋았다. 내가 좋았기 때문에 권유를 하는 것이다. "맛있는 빵을 먹었고 그 빵이 맛있다."라고 먹어보라고 권유를 했다면 대부분의 지인은 아마도 먹었을 것이다. 하지만 지인 대부분이 책은 시간이 없어서 못 읽는다고 말한다. 그렇게 바쁜 지인이 나에게 하트를 보낼 때면 씁쓸할 때도 있다.

물론 책을 읽는다고 하여 돈이 되거나 하지는 않는다. 때에 따라서는 책을 읽으면 졸릴 수도 있다. 그럼 굳이 책이 아니라고 해도 상관은 없다. 사람이니 하고 싶은 것이 있을 것이다. 영어공부를 한다거나 일본어 공부를 한다거나 등산을 좋아한다거나 각종 운동을 좋아할 수도 있다. 책 읽기는 내 입장에서 보면 좋은 취미가 될 수 있을 것 같아서 권유 한 것이지만, 맞지 않는 취미이면 얼마든지 다른 취미를 찾으면 된다고 생각한다.

취미는 자기만족이다. 내가 좋아서 책을 읽고 글을 쓰는 것처럼 또 다이어트를 취미로 삼은 것처럼 모든 것은 자기만족임에는 변함이 없다. 하지만 게임을 권유하고 싶은 마음은 없다. 게임을 하면 스트레스 안 받을까? 스트레스를 받음에도 불구하고 게임을 계속해서 한다는 말은 게임 과정 자체를 즐기기 때문이다. 스트레스는 받지만, 이 과정이 즐겁기 때문에 계속하는 것이다. 모바일 속 게임을 현실로 끌어냈으면 한다.

하고 싶은 것이 있다면 아무리 힘들고 시간이 없다고 해도 반드시 했으면 한다. 영어공부는 하고 싶지만, 시간이 없다? 다이어트는 하고 싶지만, 먹고는 싶다? 뜻대로 되지 않는 영어공부가 힘들 수 있다. 다이어트로 인해 먹고 싶은 것을 참아야 하는 것이 스트레스 일 수도 있다. 하지만 게임처럼 힘들고 스트레스를 받는다고 하더라고, 또 다이어트하면서 하루 만에 살이 빠지지 않아서 스트레스를 받는다고 하더라고, 게임처럼 과정을 즐겼으면 한다. 하트를 주면서 하는 게임이 계속해서 마냥 클리어한다면 이 게임은 아마도 하지 않았을 것이다.

하다 보면 점점 어려워지고 처음 10분이면 클리어했던 것이 차츰 레벨이 올라갈수록 한 시간 또는 하루도 걸리는 것이다. 물론 어려우니 스트레스를 받는다. 그러나 결국 시간이 걸릴 뿐 클리어할 수가 있기 때문에 계속해서 게임을 하는 것이다.

사람의 가치를 올릴 수 있는 것 또한 하루아침에 이루어지지 않는다. 하루만에 결과물이 나온다면 좋겠지만 한 달이 걸릴 수도 일 년이 걸릴 수도 있다. 하지만 시간이 걸릴 뿐 계속해서 성장은 하고 있는 것이다. 과거에 나 또한 24시간을 게임만 한 적이 있다. 내가 출근하면 아내가 했고, 퇴근해서는 내가 했었다. 게임 속에 캐릭터 레벨은 올라가지만, 내 몸과 가족은 피폐해져 갔다.

그러고 보니 알코올중독, 담배 중독, 게임중독, 탄수화물 중독, 참 많은 중독을 경험하면서 살았다. 이렇게 쉽게 중독이 되는 나지만 행복하다고 말한다.

"닥치고 해."

닥치고 다이어트를 했고, 결국 감량에 성공했다. 닥치고 글을 썼더니 책이 되어 세상에 나를 작가로 만들어주었다. 과거 나에게 책을 읽고 글을 써볼래? 하고 권유를 했다면 나 또한 오만 핑계를 대면서 작가가 되지 않았을 것이다. 아니 못되었을 것이다.

행동으로 먼저하고 하고 싶은 것이 말이 있다면 물어봐도 된다. 매일 아침 눈을 뜨면 다이어트 제자들과 하루를 같이 시작한다. 공복 체중을 잰 다음 물을 마시고, 미리 제시한 식단을 먹고 사진을 보내면 된다. 처음 다이어트를 하는 사람들은 질문이 참 많다. 그리고 말도 많다. 대부분이 핑계다.

"시간이 없어서 물을 못 먹었어요."

"시간이 없어서 사진을 못 찍었어요" 등등

말이 되지 않는 핑계를 대면서 둘러 된다. 다이어트는 내가 어떻게 해줄 도리가 없다. 본인 스스로 하는 것을 제자들이 잊을 때가 있다. 본인들이 살 빠지면 본인이 좋은 것이지 내가 좋은 것은 나중 문제인데도 말이다.

나는 가끔 제자들에게 이런 질문을 한다. 다이어트가 쉬울 것 같아? 아니면 책을 쓰는 것이 쉬울 것 같아? 그러면 제자들은 말한다. 둘 다 어렵다고. 그럼 또 말한다. 담배 끊는 것이 쉬울 것 같아 다이어트가 쉬울 것 같아? 그럼 한 치에 망설임도 없이 말한다.

"담배요!"

본인들은 안 피우니까 그렇게 쉽게 말하는 것이다. 금연이 쉽다고 말하는 사람 중에 비만이 있다면 나도 말할 수 있다.

"뚱뚱해서 곧 행복이 찾아올 것이라고"

내가 뚱뚱해 봐서 안다. 살만 빼면 반드시 행복한 인생으로 살지 말라고 해도 그렇게 산다는 것을 말이다. 대신 살 빼고 싶다면 핑계를 대지 말고 행동부터 했으면 한다. 내가 나를 사랑함에 있어, 다이어트만 한 것도 없다. 그리고 나를 사랑함에 어떤 핑계도 없다.

나를 평생 사랑해야 하니 시간을 비워두길 바란다.

하고 싶은 것이 없다

"영민아? 꿈이 뭐야?"

"꿈이요? 잘 먹고 잘사는 겁니다."

"하고 싶은 것은 뭐야?"

"하고 싶은 거요? 글쎄요?"

얼마 전 여직원에게 물어본 질문이다. 선뜻 대답하지 못한다. 꿈은 잘 먹고 잘사는 것이라고 대답을 하고, 하고 싶은 건 대답을 못 한다. 꿈은 있지만 무엇을 해야 하는지 모른다는 말과 같다. 하지만 실상을 들여다보면 하고 싶은 것도 반드시 있는 듯하다. 아니 있다. 다만 부끄러움에서 망설였던 것일 뿐이다.

"려원이는 꿈이 뭐야?"

"아직 잘 모르겠어요."

"하고 싶은 건 없어?"

"나중에 천천히 정하려고요."

"무슨 생각으로 살아가고 있어?"

"방학이라 아르바이트하고 살 빼야 한다는 생각으로 살아가고 있죠."

내 딸보다 어린 스물한 살에 다이어트 제자다. 이 친구는 뚱뚱해서 다이어트를 하는 것이 아니고 정상 체중임에도 미용 체중으로 가려고 다이어트를 하는, 최연소 그리고 최저 체중 회원이다. 아직 어리다 보니 꿈이 무엇인지도 모르고, 하고 싶은 것 또한 정하지 않았다고 한다. 어린 친구답게 그리고 다이어트 제자답게 아르바이트를 하고 살 빼야 된다는 생각으로 산다고 했다. 아직은 배우는 대학생이니 급하게 꿈을 정할 필요도 없는 것이 어쩌면 맞는 말 같다.

"누나는 꿈이 뭐야?"

"꿈? 없어! 그냥 지금 사는 삶에 경제적으로 여유 있어지는 것, 다른 건 생각해 보지 않았어. 사는 것이 찌질 해서 여기서 나아지기만 바랄 뿐."

"누나는 하고 싶은 것은 있어?"

"없어."

다이어트를 하는 제자에게 꿈과 하고 싶은 것을 물어봤다. 꿈도 없고, 하고 싶은 것도 없다고 대답을 했다. 과연 진짜로 꿈과 하고 싶은 것이 없을까? 전부 거짓말이다. 분명하고 싶은 것이 있기 때문에 다이어트를 하는 것이고, 꿈 또한 없다고 한 것도 거짓말이다. 꿈이 없는 것이 아니고 꿈을 꿔보지 않았고, 꿔보지 않은 이유는 삶의 여유가 없다고 핑계를 대는 것이다. 꿈이 없다는 것은 죽은 이와 다르지 않다. 꿈이 있기 때문에 살아가는 것이다.

다만 꿈을 말하지 못하는 것은 부끄러움에서 시작이 된다. 가슴 한구석에 있던 꿈이 삶의 무게 앞에 점점 작아졌기 때문에 꿈을 말하지 못했다. 열 명에게 물어봐도, 또 백 명에게 물어도 꿈과 하고 싶은 말을 하는 사람은 많지가 않을 것으로 안다. 초등학교 다니는 친구들에게 같은 질문을 한다면 돌아오는 대답은 확실히 틀리다.

대통령도 있을 것이고, 연예인도 있을 것이고, 과학자도 있을 것이며 또한 선생님도 있을 것이다. 위에 세 명도 어릴 적에는 꿈이 있었을 것이다. 하지만 나이를 먹어가면서 세월에 무게 앞에 잠시 잊혀진듯하다. 나 또한 어릴 적에는 대통령이 되는 것이 꿈이었다. 그 꿈을 고등학교 시절까지 이어갔지만 내가 대통령이 되었다가는 나라를 망칠 수도 있다는 생각을 하고 접었다. 지금에 와서 생각해보면, 입은 대통령이 되고 싶었고, 머리는 부자가 되고 싶었던 말이 더 맞는 말 같다.

어린 나이에 더 어린 열다섯 아내를 만나, 결혼이란 삶의 무게 앞에 꿈이 무엇인지, 하고 싶은 것은 무엇인지를 생각할 겨를도 없이 살았었다. 지금도 삶의 무게는 여전히 무겁다. 아이 둘은 성장을 시켰지만 남은 막둥이도 있고, 처가 장인 아빠도 있다. 부양할 가족이 있는 것도 무겁지만 나이를 더 먹고 직장을 그만두게 된다면 무엇을 해서 먹고살지도 정해지지 않았다. 그럼에도 불구하고 나에겐 꿈이 있다. 꿈을 이야기하기 전에 하고 싶은 것들이 있다.

"책을 읽고 글을 쓰고 싶다."

가끔 주위 사람들은 이런 이야기를 한다. 무슨 쓸 이야기가 많다고 계속해서 글을 쓰냐고 말한다. 그리고 대단하다고 말한다. 처음 나 또한 글쓰기를 시작했을 때 책 한 권의 분량을 어떻게 써야 할지 막막했다. 그리고 힘들었다. 하지만 포기하고 싶다는 생각은 단 한 번도 하지 않았다. 다이어트를 할 때처럼 포기만 하지 않으면, 시간이 문제일 뿐, 반드시 완성은 된다고 생각했다. 다이어트를 할 때도 체중이 하루 만에 30kg이 빠지지 않았다. 적게 빠지면 100g 많이 빠져야 500g 이었다.

하지만 시간이 흐르고, 적지만 그 체중이 모이니 30kg이 된 것처럼, 글쓰기 또한 조급하게 생각하지 않고, 하루 한 줄이라도 쓰자는 마음이었다. 글을 쓰다가도 글이 이어지지 않을 때에는, 노트북을 덮어두고, 책을 꺼내어 읽기 시작했다. 책을 한참 읽다 보면, 또 글이 써지고 싶어진다. 그럼 다시 노트북을 열고 이어서 썼다.

글 쓰는 과정에서 어떤 변명이나 핑계를 대지 않았다. 시간이 없다거나, 끝까지 쓸 자신이 없다거나, 글 쓰는 소질이 없다거나, 심지어 맞춤법을 모르지만 그런 핑계조차 대지 않았다. 글은 어떤 누구나 쓸 수 있다. 이 글을 보고 난 글을 쓸 생각이 없어! 라고, 말하는 사람들은 안 써도 된다. 하지만 나도 글을 써볼까? 라고 생각한 사람은 무조건 글쓰기를 추천한다. 글을 써볼까 생각하는 사람은 대신, 어떤 핑계를 대서는 안 된다. 나 같은 사람도 이미 한 권의 책을 내지 않았는가? 내가 했으면 대한민국 어떤 사람도 할 수 있다. 만약 변명이나 핑계가 생각나서 글을 못 쓰겠다고 생각이 들 땐 글을 못 쓰는 이유에 관해 쓰면 된다.

"하고 싶은 것이 없다."

정말 그러할까? 하고 싶은 것을 하는 과정이 힘들지 않을까? 하고, 생각하는 것이 아닐까 생각한다. 하고는 싶지만, 하기도 전에 겁을 내서는 안 된다. 하고 싶으면서 해보지도 않고, 하지 않는 것이 말이 되냐고 묻고 싶다. 하고 싶은 것이 있으면 당당하면 그뿐이다. 자장면이 먹고 싶으면 먹으면 되지 뭐가 문제인가? 여행 가고 싶으면 가면 되지? 뭐가 문제인가?

"다이어트는 하고 싶은데 나는 라면을 너무 좋아해서 못하겠어."

이렇게 말하는 사람에게 내가 한 말이 있다.

"평생을 뚱뚱하게 살면 된다고."

돈은 훔쳤지만, 도둑질은 아니야? 또는 술을 먹고 운전은 했지만, 음주운전은 안 했어. 이런 말이 대체 어느 나라 말인지 모르겠다.

술도 먹고 싶고, 잠도 자고 싶고, 일도 때려치우고 싶고, 전국을 돌면서 여행도 하고 싶고, 전국에 있는 모든 골프장을 돌면서 세상 맛집이란 맛집도 다녀보고 싶다. 이뿐만이 아니다. 따뜻한 방 한구석에 이불 덮고 잠들 때까지 책도 읽고 싶다. 이런 종류로 하고 싶은 것이 무엇이냐고 질문을 했다면 대답을 망설이는 사람은 한 명도 없었을 것이다.

매일 저렇게 산다면, 삶이 재미가 있을까? 처음 1년은 재미있을지도 모르겠다. 하지만 죽을 때까지 재미를 느끼지 못하는 것은, 보람이 없어서 아닐까 싶다. 술을 매일 먹고 있지만 언제 건강을 해칠지 모른다. 일을 때려치우고 싶지만, 생활이 불가능하기 때문에 다니고 있다. 골프장은 1년에 많이 가야 서너 번이 전부이지만 이것도 매일 간다면 중노동이 된다. 무엇을 하든, 하고 싶은 것이 있다면 책임이 뒤따른다. 아무리 맛있는 음식도 매일 먹으면 질리는 법이다.

내가 진정으로 평생을 해도 질리지 않는, 하고 싶은 것을 했으면 한다. 이미 마음속에 꿈과 하고 싶은 것이, 있지 아니한가? 겁을 낼 필요도 없고 그냥 하면 된다. 나를 사랑하는 마음으로 하면 된다. 내가 나를 사랑하고 하고 싶은 것이 있는데 무엇 때문에 못 한다고 생각할 필요가 없다.

"나중에 해야지."

"여유 있을 때 해야지."

나중에 여유가 있기는 할까? 죽는 그 날까지 그런 날은 오지 않는다. 사는 것이 힘들다는 이유로 나 자신을 포기한다는 것처럼 어리석은 일은 없다. 나 자신을 포기해서 사는 것이 힘들다고 생각을 하는 것처럼 어리석은 일도 없다. 부디 어리석은 생각에서 벗어나 현명한 생각을 했으면 한다. 아무리 생각해도 하고 싶은 것이 없는 사람은 자신을 사랑하기부터 하는 것을 추천한다.

"내가 나를 사랑해"라고 말한 것처럼 말이다.

고민이 많다

살면서 고민이 없다면 그것은 완전한 거짓말일 것이다. 그리고 고민이 없다면, 그것 또한 재미없는 일상이 될 것 같다. 태어나면서부터 알게 모르게 죽는 그 날까지 평생을 고민하는 것이 사람이다. 큰 결정을 해야 할 때부터 아주 사소한 자장면을 먹을지 짬뽕을 먹을지도 고민을 하는 것이 사람 일이다.

내가 나를 사랑함에 있어서만은 절대로 그런 고민을 안 하기로 마음먹었었다. 내가 나를 아껴주고 사랑해주는데 그 무엇이 더 중요할까? 더는 남들의 시선을 받고 싶지 않았다. 엄마의 듬직한 아들로 보이기 위해 살고 싶었다. 한 여자의 남편으로 존경받고 싶었다. 아이들에게 최고의 아빠로 살고 싶었다. 하지만 그렇게 살 수도 없었고 그렇게 살아보려고 하니 내가 죽을 것 같았다.

내가 나를 사랑한다고 해서, 사고 싶은 물건을 팍팍 산다고 하는 뜻이 아니다. 내가 나를 사랑한다고 해서, 먹고 싶은 걸 다 먹고 다니겠다는 뜻도 아니다. 내가 나를 사랑한다는 마음은, 진정으로 내가 무엇을 원하고, 그것을 했을 때 행복할 수 있는 확률이 1%만 된다면, 무엇이든 해보고 결정을 한다는 뜻이다. 해보고 싶은 것이 많았던 젊은 시절 아무것도 할 수가 없었다.

남을 의식하면서 살았기 때문에, 온종일 일을 해도 나를 위해 무엇을 한다는 건, 아주 제한적이었다. 독서를 하거나, 운동하거나, 산책하거나, 아이와 놀아주거나, 게임을 하거나, 심지어 TV를 보는 것조차도 할 수가 없었다. 만약 그것을 선택하려면, 일한 가지를 그만두어야 했기 때문이다.

"남자 하나 희생하면 온 가족이 먹고살 수 있을 텐데."

생각하면서 살았었다. 하지만 이제는 그렇게 살고 싶지 않다. 열다섯 살이던 아내는 어느덧 서른일곱 살이 되었고, 큰애는 스물두 살, 작은 애는 스무 살이 되었다. 막둥이를 제외하곤 내가 더 이상 먹여 살려야 할 의무가 없기 때문이다.

막둥이가 성장하면 아내와 나는 두 식구가 된다. 둘이 먹고사는 데는 큰 비용이 들어가지 않는다. 150만 원이면 먹고살듯 하다. 아이가 어릴 적에는 하기 좋던, 하기 싫던, 그런 것을 따지고 살지 않았었다. 그냥 닥치고 일했다. 하지만 지금은 굳이 하고 싶은 것을 포기하면서까지 살아가야 할 이유가 없다. 이기적이라고 말해도 상관없다. 내가 하고 싶은 일을 하면서 행복해한다면 그것이 아이들에게도 좋은 영향을 끼칠 것으로 보기 때문에 괜찮다.

아이들 육아에 대한 고민, 남편과의 고민, 시댁에 관한 고민, 금전적인 고민, 다이어트에 관한 고민. 등등 무수히 많은 고민이 있다면 너무 심각하게 고민을 하지 않았으면 한다. 고민해서 고민이 없어진다면 고민을 하라고 권하겠지만 아무리 많은 고민을 해도 결국 해결책이 없으면 고민이 해결되지 않는다는 것이다. 하지만 고민을 꼭 해야 할 것이 있다.

"내가 나를 사랑해."

이 고민은 반드시 했으면 한다. 어떻게 해야 나를 사랑할 것이며 그것을 위해 무엇을 할 것인지 반드시 정하고 실천을 했으면 한다. 나를 사랑하는 법을 다른 고민으로 인해 놓치고 산다면, 빈 껍데기로 영원히 살아갈 수도 있다. 세상은 내가 있기 때문에, 나를 중심으로 돌아간다고 생각해야 한다. 우리는 이미 세상에 태어날 때부터, 사랑받고 축복받으면서, 태어났기 때문에, 반드시 행복하게 살아야 한다. 내가 행복하게 살아가야 함에 있어서, 어떠한 핑계도 되면 안 된다. 밥 한 끼는 굶을 수 있으나, 나를 아껴줌에 굶주림을 줘서는 안 되는 일이다. 매일 행복할 수는 없다. 때로는 슬픈 일도 생기고 때로는 화도 나는 것이 인생이지만, 그것 또한 내 소중한 삶의 일부분이고, 행복한 삶을 살아가기 위한 과정이라 여기면 된다.

여러 가지 고민 중에서, 하지 않아도 되는 고민과 꼭 해야 하는 고민을, 따로 구분했으면 좋겠다. 나 또한 고민이 있다. 이 글이 과연 책으로 나오기는 할까? 책으로 나온다면, 도대체 얼마나 팔릴까? 하는 고민을 해본 적은 단 한 번도 없다. 하지만 나를 아는 지인 중 가장 많이 하는 질문이 있다. 책이 나오면 얼마를 벌어? 라는 말을 한다.

작년 2017년 TV조선 내 몸 사용설명서에 출연했을 때도, 사람들은 출연료 얼마를 받느냐고 물어본다. 왜 돈이 그렇게 궁금하지 모르겠다. 방송에 출연해서 받은 돈이 궁금한가? 두 번 촬영하고 20만 원 받았다. 모두가 그것뿐인 안주냐고 그런다. 맞다 그것뿐인 안주지만, 그 정도면 적정하다고 생각한다. 총 촬영 시간이 6시간 정도 걸린 것 같다. 6시간 일해서 20만원 이면 적은 돈이 아니다. 그리고 평생 기억에 남을 촬영을 했으니, 값비싼 추억을 얻은 셈이기도 한다.

돈을 많이 벌고 싶으면 작가의 길을 선택하지 않았을 것이다. 차라리 그 시간에 아르바이트 했을 것이다. 글을 썼다고 해서 무조건 책으로 나온다는 보장이 없다. 하물며 한 권에 책으로 나올 분량이 하루아침에 나오지 않는다. 한 권에 책이 세상에 빛을 보는 데 까지는 적어도 반년 이상 걸린다. 반년 동안 아르바이트를 하는 것이 더 가성비가 좋을 듯하다.

서두에서 말했지만, 책을 읽고 글을 쓰는 것은 내 취미이다. 취미는 보통 비용을 지불하면서 한다. 하지만 나는 비용을 받고 취미를 즐기는 것이다. 이 글이 세상의 빛을 보지 못한다고 해도, 나는 상관이 없다. 글을 쓰는 내내 즐거웠고, 내가 쓴 글을 읽으면서 행복했으니 그걸로 만족한다.

나의 고민거리는 그런 것이 아니다. 나는 글을 쓰는 작가이기도 하지만, 다이어트 일도 하는, 다이어트 선생님이다. 또 하루 10시간 이상 한 직장에서 일하는 사람이다. 다이어트를 했더니 다이어트 선생님이 되었고, 다이어트 글을 썼더니 작가가 되었다. 작가가 되고 나니 강연을 하고 싶어졌다. 강연이라고 해서 엄청 대단한 강연을 말하는 것이 아니다. 큰 강연을 할 만큼 내가 대단한 사람이 아닌 것도 안다.

열 명이라도 아니 단 한 명만 있더라도, 다이어트에 관심이 있는 사람을 대상으로, 다이어트는 힘들 것이 아니고, 큰 비용을 들일 필요도 없고 뚱뚱했던 지난 날 그리고 다이어트를 직접 경험한 이야기를 있는 그대로 알리고 싶어졌다. 지금의 제자들도 소개해 주면서 강연에 온 분들을 위해 힘을 보태주려고 말하며 그들이 다이어트뿐만이 아니라 반드시 살아가는 데 있어 희망 또한 선물할 것이다.

내가 대단해서 또 아내가 대단해서 내 제자들이 대단해서 다이어트를 한 것이 아니다. 그렇기 때문에 당신들도 전부 살을 빼고 싶은 마음이 들게끔 동기를 부여해주고, 동기에서 끝이 나는 것이 아니고, 반드시 평생을 다이어트로 속 썩지 않고 올바른 다이어트 법을 글이 아닌 내 입으로 전해주고 싶었기 때문에 지금도 열심히 강연을 준비하고 있다.

더 나아가 나처럼 과거의 아픔이 있었던 사람의 마음을 조금이라도, 치유하게끔 용기를 주고 싶고, 또 나처럼 로망 중에, 대한민국 이 나라 이 땅에, 본인의 이름으로 책이 나왔으면 하는 사람, 또한 글쓰기를 도와주고 싶다. 다이어트도 경험을 해봤고, 어린 나이지만 결혼도 일찍 해서, 죽을 만큼 힘도 들어봤다. 결혼 23년 차 선배로서 결혼에 대한 고민도 함께 이야기하고 싶다. 나처럼 책도 읽지 않고 글도 써 본 적이 없음에도 불구하고 마음만 있다면 어떤 누구도 글을 쓸 수 있고, 책이 된다는 것도 알려주고 싶어서 강연자의 꿈이 생겼다.

나만 힘들게 사는 줄 알았다. 나만 아픔으로 가득 찬 삶을 사는 줄 알았다. 하지만 마음의 여유가 생기면서 대부분의 많은 사람이 모두 상처 한두 개는 가슴에 묻고 사는 것을 알았다. 하지만 이 모든 것에 방해물이 아직 남아 있다. 돈 걱정을 안 했으면 얼마나 행복할까? 과거에 그런 마음이 아주 오랜 기간 들었다. 그래서 어지간하면 돈 걱정은 굳이 애써 하지 않으려고 하지만, 현실이다 보니 조만간 방해물이 곧 들 수도 있을 것 같은 고민이 내게도 있다.

강연하고 다니려면 회사가 걸림돌이기 때문이다. 사람은 하고 싶은 일도 해야 하지만 하기 싫어도 꼭 해야만 하는 일이 있다. 취미 생활을 즐기기 위해 회사를 그만둔다는 것은 상식 밖의 행동이다. 하고 싶은 일은 점점 많아지고 있다. 잠시 늦더라도 돌아갈지언정 포기는 하지 않을 것이다.

고민은 누구에게나 있다. 나는 나를 위해 고민을 계속해서 하겠지만, 고민하는 과정에서도 행복을 느낄 수 있도록 행복한 고민을 할 것이다.

불필요한 고민으로 인해 행복을 놓쳐서는 안 되는 일이다.

아이가 어리다

세상에는 수많은 핑계가 있다. 핑계를 말하는 그 순간에 행동으로 한다면 좋겠지만, 나부터 행동으로 하지 않고, 생각한다. 그리고 핑계를 댄다. 다이어트 제자들과 카톡을 주고, 받고 일상을 함께하면서 응원도 하고, 격려도 해주려고 한다. 하지만 나도 사람인지라 가끔 짜증이 확 밀려올 때가 많다. 회식이 있다든지, 모임이 있다든지, 돌잔치, 결혼식 등등을 나열하면서 어떻게 해야 하냐고 묻는다.

처음 70kg에서 상담할 때에는 앞자리가 5자만되면 소원이 없겠다고 했던 사람임에도 불구하고, 막상 다이어트를 시작하면 시종일관 핑계를 만들려고 애쓰는 사람처럼 보일 때도 있다. 먹을 것을 다 먹어가면서, 어떻게 다이어트에 성공한단 말인가? 아무리 내 다이어트가 어렵지 않은 다이어트라고 하긴 하지만 이것 또한 다이어트다. 다이어트는 먹을 것을 마음대로 먹기 위해, 다이어트를 해야 한다고 강조하는 사람 또한 '나'다. 하지만 그 말은 다이어트가 종료된 후 통하는 말이다.

먹어도 안 찌는 몸을 만들면 그때 먹으면 된다는 뜻이다. 물론 사람은 배가 터질 정도로 매일 먹으면 반드시 살은 찔 수밖에 없다. 나쁜 습관을 고칠 수 있게 옆에서 끊임없이 도와주면 자연스럽게 착한 습관으로 바뀌니 더는 폭식을 안 하기 때문에 먹어도 안 찐다는 소리다.

다이어트하기를 원했고, 나에게 비용도 지불을 했음에도 불구하고, 무슨 핑계를 이리도 많이 되는지 이해가 안 될 때가 많이 있다. 날씬해지고 싶고, 예뻐지고 싶긴 한데, 먹고도 싶다? 마음 같아서는 그냥 평생 뚱뚱하게 살라고 전해주고 싶지만, 본인 입장에서는 힘드니까 하소연하는 것 같아서 받아는 준다. 받아줘서 반드시 포기하지 않게 하는 것이 내 일이고 비용을 받는 목적이 있으니 나쁘다고 생각하지는 않는 것이다.

사람은 태어났으면 한 번은 살아야 한다. 물론 두 번 또는 세 번도 살고 싶지만, 그건 절대 불가능하기 때문에 어차피 한번 사는 인생이라면, 이왕 행복한 삶을 살아야 한다고 생각한다. 사람이 잘 살고 행복하게 살아가는 것은 핑계가 있을 수가 없다. 서두에 다이어트 이야기를 한 이유는, 비만한 사람이 정상 체중으로 간다면 그것이 잘 살고 행복하게 살 수 있는 밑바탕이 된다는 말을 하고 싶어서 썼다.

마음은 잘 살고 싶고, 행복하게 살고 싶은데, 조금 힘이 든다고, 해서 결코 포기할 수도 없고, 해서도 안 된다고 생각한다. 내가 이 세상 주인공인데 왜? 무엇 때문에? 나 자신을 속여가면서 온갖 핑계를 대는 것일까? 결혼하면, 임신을 한다. 임신하면 아이를 출산한다. 남편이 온갖 핑계를 대면서 아이를 같이 봐주지 않거나 진짜로 일 때문에 봐줄 수 없는 상황이 되면, 그럼 독박 육아, 전투 육아를 하게 될 것이다. 그리고 자신을 처녀 때와 비교를 하면서 힘들어하고, 아파하고, 남편을 원망하면서, 우울증에 빠진다. 전형적인 산후우울증인 것이다.

결혼해서 임신을 하는 것은 당연한 일이다. 임신하면 출산을 하는 것도 당연한 일이다. 물론 남편이 공동으로 육아도 같이하고, 집안일도 같이 하면 좋지만, 대한민국에서 복지가 좋은 기업을 제외하곤 일반적인 보통의 직장에서는 야근을 밥 먹듯이 하고 또 토요일에도 출근하는 회사가 아직도 넘쳐나고 있는 것이 대한민국 현실이다. 그러니 나쁜 남편이 아니더라도 현실 때문에 혼자 독박 육아도 치르고 전투 육아도 해야 한다.

어쩌겠는가? 있는 그대로를 받아들이면 되는 것이다. 모든 삶의 감사하고 살면 된다. 지금의 상황이 이러하고, 아이 건강함에 감사하고, 살면 된다. 응급실에 가본 적이 있는가? 신생아 중환자실에 가본 적이 있는가? 아이로 인해 힘들다고 생각하는 사람은 한 번쯤 가봤으면 한다. 아이가 건강하게 태어나준 것보다 더 큰 감사함이 있을까? 세상의 그보다 더 큰 감사함이 없다고 단언한다. 집안 식구 중 단 한 명이라도 큰 병이 걸린 사람이 있다면 이 집은 당분간 웃음이 나질 않을 것이다.

어제까지 건강했다가도 실수로 칼에 손가락에 베이기라도 한다면 작은 상처임에도 불구하고, 꽤 많이 불편함을 느낄 것이다. 그러면서 하루빨리 낫기를 바라면서 지난날 멀쩡했을 때를 그리워하는 것이 보통의 사람이다. 얼마 전 강은영 작가의 [절망의 끝에서 웃으며 살아간다.]라는 책을 읽어본 적이 있다. 멀쩡했던 아이가 뇌전증(간질)이 생겼다. 뇌전증은 불치병은 아니지만 언제 나을지 모르는 난치병이다. 아이가 수시로 온몸을 발작할 때 엄마가 할 수 있는 일은 고개를 돌려줄 뿐 어떤 것도 해줄 수가 없다. 그때 엄마의 심정은 어떻겠는가? 작가는 절망 속에 빠졌다고 했다. 그러나 있는 그대로를 받아들였고 그 후, 아이와 함께 성장하면서 지금은 웃어간다고 했다.

물론 아이를 키운다는 것은 쉽지 않은 일이다. 하루에도 열두 번 이상, 손이 갈 때도 있다. 아이가 아프기라도 하면 마음도 아프고 칭얼거리는 아이를 받아 주느냐 몸 또한 아플 것이다. 하지만 아이로 인해 배우는 것도 많이 생긴다. 아이를 힘들게 키우면서, 우리 엄마 또한 이렇게 나를 키워 주셨겠구나, 하는 생각도 할 것이고, 아이가 아플 때 낫기만 한다면 더할 나위 없이 좋겠다. 라고 생각하며 아이의 건강에 대해 소중함도 알게 된다.

어디 이뿐만이겠는가, 열 달 동안 엄마의 따뜻한 체온으로 엄마 뱃속에서, 편안하게 있게 해주고 또 온갖 고통을 참아가면서 출산을 하고 출산 후에도 온몸이 부은 채, 젖몸살로 고생을 하면서도 배를 채워주고, 불면 날아갈까 조심스러운 손길로 키움에도, 아이가 아프면 엄마는 더 아파해주면서 아이를 키운다. 그런 아이가 엄마에게 해줄 수 있는 가장 큰 선물이 바로 태어나서 가장 먼저 하는 말 "엄마" 인 것이다.

아이가 성장하면서, 아이가 어떤 고민을 하고 있는지 한 번쯤 같이 고민을 해준다면, 그 아이는 올바르게 성장할 것이다. 아이의 꿈이 아닌 부모의 꿈을 아이에게 강요한다면, 그 아이는 올바르게 성장할 수 없을지도 모른다. 아이가 울고 칭얼 되는 것은 아이 입장에서는 당연한 일이고, 아이가 온 집안을 난장판을 만드는 것 또한 어쩌면 당연한 일이 수도 있다. 아이가 그런다고 해서 엄마의 인생이 불행해서는 안 될 일이다. 아이는 아이일 뿐, 엄마는 엄마이니 현실을 받아들이고 치우면 된다.

사람들은 하고 싶은 것을 하고 사는 사람보다, 하기 싫지만 해야만 하는 경우가 대부분이다. 하기 싫은 일임에도 불구하고, 그 과정 속에서 보람을 찾고

자 하는 사람이, 진정한 승리자라고 말할 수 있다. 아이가 어려서 아이 때문에 내가 힘이 들고, 그렇기 때문에 행복하지 않고, 육아로 인해 고통이라고 말하는 것은 말이 되지 않는다고 생각한다. 아이를 떠받들면서 살 필요는 없지만, 적어도 "아이 때문에"라는 말은 하지 않는 것이 상식적이라 생각한다.

아이 또한 태어나고 싶어서 태어난 것도 아니다. 아이가 태어났을 때는, 축하받고 축복 속에서 살아가야 할 권리를 지고 태어난 것이다. 그렇기 때문에 절대 아이를 원망하면서 살지 않았으면 한다. 가끔 뉴스에서 친부모가 아이를 살해했다는 기사를 볼 때면 화가 머리끝까지 치밀어 오른다. 아이를 마치 부모의 소유물인 양 여기는 사람이 진짜 사람일까? 하는 생각도 든다. 공부를 강제로 시키는 부모들도 있다. 왜? 공부를 시켜야 하는 이유도 있을 것이다. 하지만 아이가 공부를 원하지 않는다면 강제로 시킬 필요도 없고 그렇게 한다고 해서 아이가 공부를 잘 하지도 않을 것이다. 그렇게 한다면 아이도 스트레스를 받지만, 부모 또한 스트레스를 받는다. 아이가 무엇을 원하는지 같이 고민할 필요가 있다.

요즘 세상은 학교 공부를 안 해도 상관이 없는 세상이다. 학교 수업만 공부인가? 세상 모든 일이 공부다. 노래도 공부해야 하고, 연기도 공부해야 하고, 글을 쓰는 작가도 공부해야 한다. 공부가 아닌 것은 세상에 하나도 없다. 아이를 낳고 기르고 키우면서 20년이라는 시간이 흐른다. 20년 동안 고통 속에서 살 것인지 행복하게 살 것인지 한 번쯤은 꼭 반드시 생각했으면 한다. 육아가 힘든 것은 당연한 일이다. 그러니 그 과정 속에서 행복으로 가는 지름길을 찾았으면 좋겠다.

육아 우울증이 걸려서 고통 속에서 산다고 한들 아무것도 변하지 않는다. 그러니 쓸데없이 아파하지 않았으면 좋겠다.

사는 것이 힘들다

대한민국에서 사는 것이, 하나도 힘들지 않게 살아가는 사람은 없을 것이다. 하루하루가 행복하다고 말하고 다니는 나는 힘이 안 들어서 행복하다고 말을 할까? 나 또한 매일, 매 순간 힘들어한다. 아침 5시에 기상을 해서, 30분간 독서를 하고, 다이어트 제자 일정을 확인한다. 아침에 체중 사진이 날라 오면 확인하고 체크를 한 다음 출근 준비를 한다. 출근하는 차 속에서 사과를 아침으로 먹고, 오전 8시부터 오후 7시까지 직장에서 근무한다. 점심시간 한 시간 동안, 다이어트 제자와 통화를 하면서, 점심시간을 그렇게 보낸다. 퇴근하면 오피스텔로 가서 씻고 간단히 저녁을 먹은 후 노트북을 열어 다이어트 제자 체중과 식단을 기록한다.

그 후 작가의 삶을 산다. 책을 읽고 싶으면 읽고, 글을 쓰고 싶으면 글을 쓴다. 2017년 12월 10일부터 글쓰기를 시작했다. 이 글을 쓰고 있는 시간은 2018년 5월 1일이다. 이 원고가 언제쯤 마감이 될지는 모르겠지만, 또 언제 세상에 빛을 볼 수 있을지도 모르겠다. 이 시점에서 정확히 말하겠다. 이 원고가 세상을 빛을 볼 것이라는 생각으로 글을 썼다. 오늘은 5월 1일이지만 7월 이후 이 글이 책으로 나올 것을 예상하면서 글을 썼다.

이 원고도 이달 중순이면 끝이 나고 출판사에 투고할 예정이다. 그렇게 된다면 불과 6개월 만에 두 번째 원고가 완성된다. 3월 2일 [다이어트, 상식을 깨다] 시작으로 빠르면 6월, 늦으면 7월쯤 [내가 나를 사랑해]에 두 번째 책이 탄생할 것이다. 그 후 올 연말쯤 해서, 총 세권의 책을 내는 것이 목표다.

다른 작가들은 나에게 글쓰기가 굉장히 빠르다고 한다. 하지만 나는 그렇게 생각하지 않는다. 평창올림픽도 포기했다. 그전에 먼저 게임도 포기를 했다. 주말마다 방바닥에 뒹굴 거리면서 보던 TV도 끊었다. 이번 설 연휴에도 오직 글쓰기만 했다. 꽃이 피는 봄에도 여행을 하지 않고, 온종일 책을 읽고, 글을 썼으며, 다이어트강연 준비도 했다. 다른 똑똑한 사람에 비교해 나는 머리가 나쁘고, 세상을 못 따라가는 경향이 있어 남들은 아주 쉽게 한다는 PPT 또한 어렵게 혼자 배우다 보니, 시간이 한없이 지체할 수 밖에 없었다. 그런 과정 또한 힘들다고 변명하지 않았고, 그 또한 내가 살아가는 데 꼭 필요한 삶의 일부이니 핑계대지 않고 닥치고 배웠다. 주말에도 특별하게 중요한 약속이 아닌 이상 피했으며, 오직 내가 하고 싶은 일을 위해 시간을 투자했다.

퇴근 후 오후 9시가 되면 작가의 삶을 살 수가 있다. 생각 없이 계속해서 글을 쓴다. 자정을 넘기기 일쑤도 있고, 글 쓰다 잠들 때도 있다. 사람들은 가끔 내게 묻는다.

"사는 것이 힘들지 않냐고?"

힘들지 않다면 거짓말이다. 그러나 삶이 힘들다고 해서, 행복한 것 하고는 상관이 없다. 이번 평창올림픽에서 이상화 선수가 마지막 경기를 펼쳤고, 자랑스럽고 당당하게 은메달을 목에 걸었다. 이상화 선수는 안 힘들었을까? 어떤 누구도 안 힘들었다고 말하는 사람은 없을 것이다. 직장을 다니면서, 작가의 삶을 살고, 다이어트 일을 한다는 것은 보통 일이 아니다. 하지만 내가 좋아서 하는 일이고 그 일을 함으로써 보람을 느끼기 때문에 하는 것이다.

매일 아침 체중이 더디게 빠진다고 징징대는 제자들 다독이는 일도 보통 어려운 일이 아니고, 또 글쓰기 또한 A4용지 폰트 10 크기로 100매를 채우는 일도 보통 어려운 일이 아니다. 하지만, 정상 체중까지 가서 기뻐하는 제자를 볼 때 내가 더 행복함을 느끼고, 글을 써서 출판사와 계약을 할 때면 글쓰기를 한 것에 대해 엄청난 보람을 느낀다. 책을 읽으면서 즐거웠고, 글을 쓰는 내내 행복했음에도 불구하고, 거기에 책까지 된다고 하니 내가 글쓰기를 멈출 수 없는 이유다.

하지만 직장을 다니는 건 보람은 없다. 트럭 운전하면서 아직 보람을 찾지 못했다. 가끔 대형사고 날 뻔했던 아찔한 상황이 되면, "죽기 전에 그만둬야지" 라는 말을 하면서 아직도 그 일을 하고 있다. 트럭 운전은 힘들지는 않지만, 보람을 느끼지 못하고 있으니 얼마나 안타까운가? 하루빨리 보람을 찾아서 정신 건강에 덜 해롭기를 기대한다. 그러나 직장이 보람이 없다고 해서 슬퍼할 일은 아니다. 내가 여러 가지 일을 하면서 행복을 느낄 수 있게 가장 큰 힘을 주는 것은 아이러니하게 그건 든든한 직장이 있어서 가능하다.

만약 내가 직장을 다니지 않고, 지금의 일을 전부 웃으면서 할 수 있을까? 아마도 하나도 즐겁지도 않을 것이며, 하루하루가 고통의 연속이 될 것이다. 그렇게 좋아한다는 글을 쓰면서, 생활비 걱정을 한다면 글 쓰는 일도 유쾌할 것 같지는 않다. 직업이란 버팀목이 있으니 내가 내 시간을 줄이면서 하고 싶은 일을 할 수 있기에 직장생활은 힘들지만 나쁜 것만은 아니다.

다이어트를 할 때도 힘들지 않았다고 하면 거짓말이다. 하지만 힘든 과정 속에서 더한 보람을 느끼고 그렇다 보니 즐겁고 행복했다고 말하는 것이다. 사는 것이 힘들다는 핑계로 인생을 망쳐서는 안 된다. 인생을 망친다고 표현을 하니 거칠어 보이지만 이렇게 거칠게 이야기를 하는 이유가 있다. 무의미한 삶을 계속해서 살아간다는 것은 매우 안타깝게 생각이 들기 때문에 다소 거친 표현을 사용했다.

"가난뱅이인 내가 나를 사랑해 그리고 당신이 당신을 사랑해야 하는 이유."

이것이 이 원고에 가제다. 이 제목으로 출판사에 투고 할 것이다. 처음 글을 쓸 때 작가마다 방법이 다르겠지만, 나 같은 경우에는 어떤 주제를 정할 것인지를 먼저 생각한다. 난 2018년 세 권에 출간을 목표로 삼았다. 첫 번째 주제는 다이어트를, 두 번째 주제는 처음부터 끝까지 말하고 있지만 "나를 사랑하기", 세 번째는 꿈을 찾아가는 주제를 쓰려고 할 것이다.

주제를 정하면 A4용지 한 장 분량의 줄거리를 적는다. 줄거리에 맞춰 목차를 쓰고, 어떤 마음으로 책을 쓸 것인지 들어가기를 쓴다. 순서는 들어가기가 먼저이고 목차가 나중이지만 상관없다. 여기까지만 하면 원고의 51%는 끝이 난 것이다. 나머지 서른다섯 개의 꼭지를 쓰면 책으로 완성이 된다. 그리고 행복을 마음껏 누리면 된다.

원고가 마감되기까지는 빠르면 한 달이면 쓸 수도 있고, 늦으면 석 달이면 쓸 수도 있다. 애석하게도 나는 빨리 쓰는 편에 속하기 때문에 행복을 한 달 만에 끝을 내야 한다. 시간이 없다는 핑계를 대면서 오랜 기간을 그렇게 살았었다. 게임을 할 시간은 있었고, 내 가치를 올리는 시간은 없었다. TV 드라마에 푹 빠져 연휴 3일 내내 몰아보기를 한 적도 있었다. 그때는 시간을 빨리, 잘 때 울 수 있는 뭔가를 찾아다니면서 살았었다.

한 번밖에 없는 소중하고 귀한 시간을. 잘 때웠다고 좋아한 적도 있었으니 지금 생각하면 참으로 한심하다는 생각마저 든다. 다른 사람들은 연휴가 많으면 글쓰기가 힘들다고 말하는 사람이 대부분이다. 하지만 난 반대다. 평일에는 글을 쓸 시간이 없다 보니. 명절 같은 연휴가 많이 있어야 난 좋다. 명절에 TV도 보지 않았고, 핸드폰조차 보지 않았다. 평일에는 다이어트 제자들이 입에 들어가는 모든 사진을 보낸다. 하지만 명절만큼은 마음껏 먹으라고 했다. 그래서 사진도 보내지 말고 가족과 행복한 연휴 되라고 했다. 그 덕에 핸드폰을 볼 이유마저 없었으니 오롯이 나를 위해 책을 읽고 글을 썼다.

설 연휴에는 첫 번째 책 [다이어트, 상식을 깨다] 탈고를 위해 처음부터 끝까지 세 번을 읽었다. 내가 쓴 글을 내가 읽으면 손발이 오글거리고 세상에서 가장 엉망인 글이라 생각마저 든다. 하지만 세상에서 하나밖에 없는 소중한 책이고 그 소중한 책을 내가 직접 지었다는 것이다.

내가 나를 사랑하면서부터 직접 다이어트 경험을 했고, 그 경험을 있는 그대로 나누고 싶었고 글을 쓰기 시작했다. 그리고 책을 낸 작가가 되었다. 글쓰기 또한 행복이라는 것을 경험했고 그 경험을 나누고 싶어 이렇게 글을 쓰고 있다. 또한, 나같이 세상을 부정하고 원망하면서 스스로 아파서, 엄청난 술을 퍼마시면서, 매일 울고 불쌍하게 살면서, 사는 것이 힘들다고 있는 핑계, 없는 핑계를 온갖 핑계를 대면서 살았던 내가 나를 사랑하면서부터 달라진 일상을 직접경험 했다.

정상 체중이 되면서 기뻤던 것이 아니었고, 정상 체중을 가는 과정이 행복했음을 경험했다. 책이 된다는 행복의 느낌보다는, 글을 쓰는 과정에서 행복을 경험했다. 직접경험을 해봤기 때문에 경험을 나누고 싶어서 이렇게 말하고 있다. 사는 것이 힘든 것이 아니라 힘들게 살고 있어서 힘든 건 아닐까?

"나를 사랑하면 인생이 달라진다는 것을 경험했다."

자신이 없다

한 번뿐인 없는 소중하고 귀한 일생을 행복하게 살아가야 함에도 불구하고, 끝도 없을 만큼 수많은 핑계 중에서 한 가지만 바로잡아도, 모든 것을 올바르게 할 수 있는 것이 바로 "자신감"이다. 자신감이 충만하면 세상 어떤 모든 것도 다 이겨낼 수 있다. 자신감이 생기면 자존감도 올라갈 것이고 자존감이 올라가면 "내가 나를 사랑할 수 있다." 내가 나를 사랑하는데 어찌 내가 행복하지 않을까? 매일 나를 사랑하면 어떤 상대도 나를 쉽게 보지 않는다.

그렇기 때문에 반드시 자신감을 잃어서는 안 된다. 내가 잘나서 뚱뚱하지 않았다. 모든 사람이 돈이 많은 부자라서 뚱뚱해진 것이 아니다. TV에서 가끔 북한이 나온다. 북한에서 김일성, 김정일, 김정은만 뚱뚱해 보였다. 그 외에 뚱뚱한 사람을 찾기란 쉽지가 않다. 이 글을 읽는 사람 중에서 북한 사람 중 뚱뚱한 사람을 본 사람 또한 극히 드물 것이다. 북한에서는 부자는 뚱뚱할 수 있지만, 한국에서는 그렇지만은 않다. 솔직히 나 또한 내가 비싼 음식을 먹고 살이 쪘다면 억울하지 않았을 것이다. 지금도 값비싼 대게나 킹크랩을 단 한 번도 먹어 본 적이 없을 만큼, 부자는커녕 가난한 쪽에 속한다. 가나 하기 때문에 비싼 음식을 먹고 살지 않았다. 라면이나, 각종 인스턴트 음식을 먹으면서 살았다. 그 결과 아내와 처음 살 때 체중이던 60kg서 105kg까지 45kg을 찌워 뚱뚱한 몸이 되었다.

내가 자신감이 엄청나게 좋아서 살을 뺐을까? 그럼 평생 다이어트를 하는 사람들은, 자신감이 바닥이어서 평생을 다이어트하면서 사는 것일까? 마흔 살 때 온갖 세상 모든 것을 전부 원망하면서, 엄청난 술을 마셨으며, 울기도 많이 울었다. 이런 내가 내 삶을 인정하면서부터 세상을 부정하지 않았다. 그러니 "나 정도면 세상 참 잘 살았구나." 하는 생각이 들었고 "내 인생이 그리 나쁘지 않다."라는 생각 또한 생기기 시작했다. 가난하지만 잘 살았고, 나쁘지만은 않은 인생이니 남은 인생은 부자로 살 수는 없겠지만, 더 잘살아 보자는 생각을 했다.

그럼 어떻게 잘 살 것인가? 라는 스스로 던진 질문에 "내가 나를 사랑하자"라는 답을 했다. 내가 나를 사랑하니 내 모습이 눈에 들어오기 시작했고, 다이어트를 결심했다. 내가 나를 사랑하는데 다이어트를 대충 할 수가 없었다. 그동안 이십 년 넘도록 몸에 몹쓸 짓을 한 것을 생각하면 더는 나쁜 습관을 지속할 수가 없었기 때문에 다이어트에 성공할 수가 있었고, 다이어트가 끝난 후에도 과식이라는 나쁜 습관이 없으니 먹어도 안 찌는 몸을 유지할 수가 있었다.

내가 평생을 다이어트를 하는 사람보다 쉽게 다이어트에 성공하는 것은 그들보다 내가 나를 더 많이 사랑하기 때문이다. 내 다이어트 제자들이 다이어트 지식이 모자라서 나에게 오는 사람은 없다. 다이어트에 무슨 비법이 있겠는가? 안 먹으면 빠지는 것을. 그럼에도 불구하고 그들이 평생을 다이어트를 하는 이유는 본인을 스스로 사랑하지 않았기 때문이다. 스스로를 사랑하게 내가 옆에서 동기를 얻을 수 있도록 도와주면 그들 또한 살을 빼지 말라고 해도 뺀다.

고도비만인 사람치고 자신감이 엄청나게 좋은 사람은 별로 없다. 숨 쉬는 것부터 사는 것이 불편하고, 남들의 시선이 무섭고, 무수히 많은 다이어트 실패로 인한 자존감 상실로, 대부분의 사람이 가슴 한구석에 아픔이 있다. 뚱뚱한 것은 비난받을 일이 아니고 오히려 축복을 받았다고 생각한다. 아니 확신한다.

뚱뚱한 것이 무슨 자랑이냐고 물어본다면 자랑은 아니지만 나를 사랑할 기회라고 대답할 것이다. 보통의 마른 여자들이나 정상적인 체중을 유지하는 사람은 본인 스스로를 만족하면서 사는 사람은 드물 것이다. 평생을 다이어트 한 적도 없고, 평생을 지금의 모습으로 살았으니 매우 행복해하지 않는다. 마치 우리가 숨을 쉬고 건강하게 있음에도 불구하고 감사하지 않고 당연시 여기는 것과 같을 것이다.

하지만 뚱뚱한 사람은 정상 체중이 되면 인생이 달라진다고 감히 말한다. 평생을 고도비만에서 살았던 사람이 키우는 개가 몰라볼 정도로 정상 체중이 된다면, 평생 받아보지 못한 관심을 받을 것이며, 옷 사는 것이 지옥처럼 느껴졌던 사람이 단돈 만 원짜리 옷 하나에도 행복한 것을 느낄 수 있다. 어디 그뿐인가, 살에 파묻혔던 본인에 얼굴이 보이기 시작하면서 수억 원에 달하는 성형비용을 번다. 성형은 주기마다 계속해서 끊임없이 해줘야 하지만 다이어트로 인해 찾은 본인의 얼굴은 따로 관리해줄 필요는 없다.

건강에 있어서도 마찬가지다. 고도비만인 사람이 젊어서 아직 아픔을 느끼지 못할 뿐이지 관절에 무리가 오고 온몸에 있는 지방으로 인해 만 가지 병을 얻는 것은 시간문제이다. 또한 관심 받고, 건강해지고, 예쁘기까지 했으니 땅

바닥에 있었던 자존감이 하늘을 찌를 듯할 것이다. 그러니 뚱뚱한 것은 축복을 받는 것이 맞다. 나 또한 내가 뚱뚱하지 않았다면 어떻게 다이어트를 했으며 또 다이어트로 인해 글을 쓰는 작가도 되지 않았을 것이다.

"위기는 반드시 기회가 된다."

당장은 아픔이 있겠지만 나쁜 것만은 아니라는 말을 하고 싶다. 위기가 오면 당황하지 말고 너무 많이 아파하지 말고 있는 그대로를 받아들이고 해결책을 마련하면 그만이다. 당황한다고 또 아파한다고 해서 위기가 없어지지 않는다. 자신감을 가지라고 말하고 싶지 않다. 그걸 말한다고 해서 자신감이 생기지 않기 때문이다. 하지만 "나를 사랑해"라고 말하고 싶다. 이 책에 제목으로 나를 사랑해라고 지은 이유가 여기에 있고, 이 책 한 권에 주제 또한 같은 말이다.

나를 사랑하지 않으면 안 되기 때문에 글을 쓰고 싶었다. 내가 살면서 겪어 봤다. 나를 돌아보지 않고 사랑하지 않고 살았을 때와 나를 사랑하면서 살고 있는 것을 겪어 봤다. 과거나 지금이나 금전적으로 변한 것이 없음에도 불구하고 행복지수는 하늘과 땅만큼 차이가 난다. 단지 "나를 사랑한다."라는 이유만으로 그렇게 되었다. 사람은 반드시 행복하게 살아야 한다.

돈이 그것을 결정해서는 안 된다. 결정할 수 있는 것은 오직 자신뿐이다. 남들과 비교를 했을 때 나의 삶은 고통이 시작되었고, 결국 절망 속으로 들어갔다. 어떤 누구도 나에게 고통을 준 사람도 없고, 절망 속으로 들어가라고 권유한 사람도 없다. 오직 나 자신이 나를 그렇게 만들었다. 내가 행복하게 살아가는 과정 또한 나 스스로 만들 수 있다. 이 또한 어떤 누구도 만들어 주지 않는다. 그렇기 때문에 스스로 꼭 해야만 한다.

행복하게 살아야 하고, 나 자신을 가치 있는 삶을 살아야 하는데 있어서, 어떠한 핑계를 대서는 안 된다. 세상에 주인공이 나다. 내가 살아가는 동안은 세상이 존재할 뿐이고 내가 죽으면 세상도 없는 것이다. 즐기면서 살고, 즐기는 과정 속에서 행복을 찾아가면 된다. 세상은 혼자 살 수가 없다. 혼자 살면 그 또한 불행이다. 삶은 더불어 가야 진정한 세상이 된다. 진정한 세상 속에서 내가 살아있음에 감사하고, 행복을 마음껏 누리면서 살아가면 그뿐이다. 만약 어떠한 핑계가 있다면 핑계를 먼저 말하기 전에

"나를 사랑해."

보자. 반드시 어떤 핑계 꺼리도 떠오르지 않을 것이다. 내가 나를 사랑함에 있어 무슨 변명과 핑계가 있겠는가?

"말하는 대로 이루어진다."

라는 문구를 언제고 한 번은 들은 적이 있다. 이 말 거짓 아니고 진짜였다.

"나는 평생을 가난하게 고통 받으면서 죽을 때까지 일만 하다가 비참하게 죽을 것 같아."

생각하면서 살았더니 진짜로 그렇게 20년을 살았다. 아까운 시간만 허비하면서 고통 속에서 세상을 원망하고 스스로를 깎아 내리면서 살았지만, 후회는 하지 않는다. 뭐 딱히 후회한다고 해서 20년이 다시 돌아온다면 하겠지만 그 또한 돌아오지 않는다는 것을 알기에 그냥 소중한 추억으로 남기기로 했다.

"나를 사랑하고 그렇기 때문에 나는 행복하게 건강하게 평생을 죽는 그 날까지 살 거야." 라고 생각하는 요즘이다. 그래서 그런지 매일 아침 눈을 뜨면 살아 있음에 감사하고, 설레는 하루를 기쁜 마음에 살아간다. 그래서 늦잠이란 것을 잘 수가 없다. 하루가 행복한데 어떻게 늦잠을 잘 수 있단 말인가? 나는 안다. 반드시 사람은 마음먹은 그대로 살아간다는 것을 알기에 더는 세상을 원망하면서 내가 행복할 수 없는 핑계를 대지 않을 것이다.

행복해야 한다. 행복하지 못하는 수많은 핑계를 깰 수 있는 방법은 나를 사랑하면 된다. 나를 사랑하면 인생은 달라진다.

제5장
내가 행복한 이유
그리고 당신이 행복해야 하는 이유

이제는 백 살을 넘어 그 이상을 살아가는 세상이 되었다. 정년은 빨라지고, 노후는 길어졌다.

50년이 넘는 노후를 어떻게 보낼 것인지 고민을 할 때다. 이런 심각한 문제가 현실이고, 인정하고 받아들여야 한다. 지금부터 준비한다면 내가 행복할 것이고, 당신도 준비한다면, 다가오는 노후가 행복할 것이다. 그것이 당신이 행복해야 하는 이유다.

나는 다이어트 선생님이다

부자가 되리라 헛된 꿈을 꾸면서 살았었다. 그러나 현실은 부자는커녕 점점 더 가난뱅이로 살았다. 아무 생각 없이 살 적에는 그냥 일만 하면서 살았다. 그래서 아프지 않았다. 하지만 영원히 내 이름으로 된 집 한 칸을 마련하지 못한다는 생각이 들 때 절망 속으로 빠지고 말았다. 그로 인해 아팠고, 세상을 원망하면서 살았다. 사람이란 참 신기하다. 헛된 희망이라 할지라도 그것이 있을 땐 내가 아프지 않았음에도 헛된 희망마저 없다는 생각을 하니 자연스럽게 절망이 찾아왔다.

나를 사랑하면서 자연스럽게 다이어트 결심을 했다. 다이어트를 하면서 수많은 다이어트 방법이 상술에 지나지 않았다는 것을 느끼게 되었고, 그들의 돈벌이 수단으로 마음의 상처를 받고 살아가는 비만인 환자의 마음을 이용하는 것이 나를 화나게 했다. 돈을 쓰지 않고도 누구나 쉽게 다이어트가 할 수 있음을 직접 경험을 했다. 나처럼 알코올중독인 사람도 하루 담배를 두 갑을 피우는 골초도 다이어트를 했다. 그러니 다이어트는 의지로 하는 것이 아니라는 것도 알았다.

다이어트를 할 때 운동을 해본 적이 없다. 다이어트 종료 선언을 하고 그때 헬스장 3개월을 끊었다. 3개월 동안 몸만들기를 했고, 그 후 운동은 하지 않고 있다. 물론 정상체중인 사람은 운동하는 것이 건강에 매우 좋다는 것을 알면서도 하고 있지 않은 이유는 의지가 박약이라서 그렇다. 당시 헬스장을 찾아 운동하고 있었는데 계속해서 눈에 거슬리는 사람이 있었다. 뚱뚱한 몸으로 러닝머신에서 운동하는 사람들을 보고 있으니 운동에 집중할 수가 없었다.

저 몸으로 운동을 하면 관절에 무리가 올 텐데 하면서 걱정을 했다. 직접 가서 운동하지 말라고 말하고 싶었지만, 그 사람에게 상처가 될까 조심스러웠다. 그리고 마음이 아팠다. 고도 비만이 다이어트를 해서 10kg을 감량하여도, 사람들이 전혀 알아보지 못한다. 하지만 20kg을 감량하면 살 빠진 것을 알아본다. 그리고 말한다.

"이제 그만 빼도 되겠네."

과거의 뚱뚱한 모습보다 20kg을 감량을 했으니 그들의 입장에서는 그만 빼라고 할 수도 있지만, 고도비만은 아니지만, 비만인데 뭘 그만 빼라고 하는지 생각했다. 물론 갑자기 너무 많이 감량하면 건강에 해칠까 하는 마음으로 걱정이란 것을 알기에 대답은 네 그만해야죠! 했었다.

다이어트를 시작했으면 기간이 얼마가 걸리든 정상 체중까지 가야 한다. 남자는 덩치가 있어야 보기 좋으니 비만과 정상 경계선에 있으면 없어 보이지 않아서 보기가 좋고, 여자의 경우 저체중과 정상 사이에 있으면 그것이 미용 체중이다. 다이어트를 해서 비만이면 그것이 무슨 소용이 있겠는가? 고도비만이든 그냥 비만이든 무조건 정상 범위에서 있어야 된다.

다만 고도비만인 경우에는 다이어트 기간을 길게 잡아야 한다. 다이어트는 누구나 안다. 하루아침에 왕창 빠지지 않는다는 것을 안다. 가늘고 길게 하다 보면 100g이 모여 30kg을 만들 수 있다. 다이어트를 직접경험하면서, 돈 쓰면서 하는 모든 다이어트가 전부 잘못된 다이어트라고 생각을 했다. 다이어트에 마무리는 반드시 일반식을 먹어서 마무리를 해야 함에도 하나같이 전부 마무리 이야기가 없다는 것이다. 가령 예를 들면 양약 다이어트에서 약을 먹고 살이 빠졌다고 치면 약을 안 먹으면 어떻게 될까? 100% 요요가 온다는 것이다. 요요가 반드시 올 것을 알면서 왜 그런 이상한 다이어트를 하는지 이해를 하지 못했다. 돈 쓰고, 바보가 된 것 같은 멍한 머리로 살아야 하고, 약 끊으면 미친 듯이 먹고 다시 요요 오고 또 실망하고 "나는 안 되는 사람인가 봐." 자책하면서 하는 다이어트 방법에 마음이 안타까웠다.

나는 다이어트 사업을 한다. 사업이란 단어를 쓰니 참으로 거창하다. 처음에는 돈을 받고 하지 않았다. 돈을 받지 않았음에도 불구하고 대부분의 사람이 나를 우습게 생각했고, 나를 인정하지 않았다. 공짜로 다이어트를 한다고 해서 나에 대해 고마움이 없었고, 오히려 그들은 손해를 볼 것이 없다는 이유로 내가 제시한 다이어트를 하지 않고 포기를 했다. 그런 모습이 안타까웠고, 평생 다이어트로 고생을 할 그들이 불쌍해 보였다.

그래서 가치를 키우기로 결심을 했다. 과연 내가 손리처럼 유명한 사람이었다면 그들이 내 도움을 거절했을까? 절대로 거절을 하지 않았을 것이다. 그럼 내 가치를 올리면 그뿐이라고 생각했고 실행을 했다.

방송국에서 출연 섭외가 왔을 때 출연을 했고, 돈을 받고 다이어트 일을 하면 그것이 프로이기 때문에 사업자를 내고 돈을 받았다. 또 나를 알리고 싶었다. 단 한 명이라도 더 알리기 위해 다이어트 관한 글을 썼다. 내 경험을 있는 그대로 썼다. 그리고 책이 나왔다. [다이어트, 상식을 깨다]라는 나의 첫 책이 나온 것이다. 책의 내용도 별거 없다. 돈 쓰는 다이어트하지 말고, 나쁜 습관을 고치면 된다고 썼다. 가공식품 대신 자연식품을 먹으라고 썼다. 책이 출간된 후에는 더 많은 사람이 내 다이어트 방법을 알리기 위해 비만인 사람을 대상으로 책 비용만 받고 강연을 하고 있다.

돈을 지불하고 다이어트를 시작하는 제자들은 돈이 아까워서 그런지 말을 잘 들었다. 돈을 받지만 그들의 식단 또한 내 책에 있는 내용이 전부다. 식단이라곤 자연식품 외엔 없다. 이미 그들도 알고 있는 상식이다. 맞다 다이어트는 상식이 맞다. 하지만 왜 상식 없는 다이어트를 하는지 매우 안타깝다. 사람이 살다 보면 별일이 다 생기는 법이다. 가뜩이나 생각하고 고민할 일도 많은데 적어도 다이어트로 인해 고생을 안 했으면 하는 마음이다.

이것이 내가 다이어트 선생님으로 살아가는 이유다.

나에게 오는 제자들은 진심으로 내 가족으로 대하려고 애쓴다. 안타까운 심정으로 함께하려고 한다. 시간이 얼마가 걸리느냐가 문제일 뿐 반드시 원하는 체중까지 가야 하기 때문에 다독일 때도 있고, 협박 아닌 협박을 일삼을 때도 있다. 나는 다이어트도 직접경험을 한 사람이다. 30kg을 감량한 사람이다. 그래서 바뀐 인생을 살아가고 있다. 또한, 이미 시중에 다이어트 관련 책을 출간한 경험도 있다. 과거의 비만 때문에 또는 말할 수 없는 마음에 상처를 받은 제자가 있다면 다이어트 후 글쓰기도 권유할 것이다.

글을 써서 이 나라 이 땅에 본인 이름으로 쓴 글이 책이 되어 나온다면 그 또한 자랑스러운 일이다. 평범한 주부에서 작가라는 직업으로 사는 것도 나쁘지 않기 때문에 난 권유를 할 것이다. 해보지 않은 것을 권유할 수는 없다. 직접 해봤고, 그 경험이 어떤 삶의 영향을 주는지도 알고 있다. 내가 해봐서 좋았기 때문에 권유를 한다는 것은 내가 당연히 해야 할 일이라고 생각한다. 그것이 소명 아니겠는가? 방법을 몰라서 못 하는 것처럼 안타까운 일이 없다. 하지만 방법을 알고 있다면 무조건 해야 한다고 생각한다. 책을 내고 싶지만 어떻게 내는지 몰랐다. 하지만 지금은 그 방법을 알고 있다. 알고 있기 때문에 계속해서 작가의 삶을 살아가려고 한다.

작가는 책을 읽고, 글을 쓰는 사람이기도 하지만 한 사람의 인생을 바꿔 놓을 수도 있는 사람이다. 그렇기 때문에 계속해서 글을 쓰는 이유도 거기에 있다. 다이어트 선생님으로 살아간다는 것은 매우 행복한 일이다. 비만 인생에서 정상적인 인생을 살아갈 수 있도록 도와주는 것만큼 보람되고 특별한 일도 없다. 이 글을 쓰고 있는 나는, 다이어트 이후 자존감을 찾은 것이 아니다. 물론 다이어트로 인해 행복한 삶을 사는 것도 맞지만 그보다 먼저 "나를 사랑해"라고 말하고 사랑해주고 난 후 내 인생은 행복해진 것이다. 나중에 여유 있을 때 사랑하지 말고 지금 당장 사랑했으면 한다.

지금 당장 하루를 준비하면 노후 열흘이 행복하고, 1년을 준비하면 10년이 행복한 삶을 살 수 있을 것이라 믿는다. 신은 우리에게 백 살을 살 기회를 주었다. 그 기회를 노후에 불행하게 살면 안 된다고 말하고 싶다.

지금 이 시간에도 소중하고 귀한 내 인생의 시간이 흘러가고 있기 때문이다.

나는 작가다

어린 시절 막연하게 책을 쓰고 싶었다. 신문 배달을 하던 시절에 특히 더 많은 생각을 했다. 결혼해서 아이를 낳고 키우면 나이가 몇 살이든 어른이다. 한 가정의 가장으로 한 집안을 이끌어가니 어른 중에서도 어른이다. 책임감만큼 어깨도 무거웠다. 그리고 외로웠다. 신문 배달 500부를 하고 아침 출근 시간에 맞춰 출근을 또 해야 하는 입장에서 한숨 돌릴 겨를도 없이 쉬지 않고 부지런히 뛰어야 간신히 시간을 맞출 수 있었다. 그런 바쁜 와중에도 자판기 커피 한 잔에 담배, 한 가치 정도는 호사를 부릴 수는 있었다.

깜깜한 밤하늘을 볼 때, 나도 모르게 "예쁘다."라고 말했었다. 나이를 먹고 어느 시골에서 밤하늘을 오랜 시간 볼 수 있는 날이 오겠지 하면서 아쉬움을 뒤로 한 채 남은 신문을 배달했다. 그 시절 중간, 중간 여유라는 것이 너무 그리웠다. 바쁘게 살다 보니 또 힘들게 살다 보니 어린 나이 임에도 불구하고 그런 생각을 자주 했었던 것 같다.

어느 조용한 시골에서 자연을 만끽하면서 글을 쓰고 싶었다. 지금 당시를 생각해보면 이유를 알 것 같다. 작가의 삶이 그리웠던 것이 아니다. 책을 내고 싶은 욕심이 있어서도 아니다. 아마도 너무 바쁘고 힘들게 살고 이런 삶이 살기 싫어 던 것 같다. 어릴 적 내가 아는 작가는 새소리가 들리는 낭만적인 곳에서 한가롭게 여유를 부리면서 글을 쓸 것만 같았다.

기분 좋은 커피 향이 묻어나는 커피숍에서 노트북을 펴고, 따뜻한 커피를 마시면서 뿔테 안경을 끼고 자판을 치는 그림을 생각했었다. 2017년 12월쯤 나에겐 꿈이 하나 있었다. 누가 나의 직업을 물으면 "저는 작가 이호재입니다."라고 말할 수 있는 진짜 작가가 되고 싶었다. 어릴 적 막연히 꿈을 꾼 작가가 아니고 책을 내는 진짜 작가가 되고 싶었다. 2018년 3월 나는 작가의 꿈을 이뤘다. 2018년 3월 5일 이 나라 이 땅에 내 이름 이호재가 지은 [다이어트, 상식을 깨다] 가 출간되었다.

2018년 1월 24일 [다이어트, 상식을 깨다] 원고를 출판사와 계약을 했다. 작가는 책을 읽거나 글을 쓰면 그 자체가 작가다. 출판사에 선택을 받지 못한다고 할지라도 작가다. 하지만 사람들은 그를 작가라고 부르지 않을 것이다. 남의 눈치를 보고 살고 싶지는 않지만 적어도 사회 통념상 "저는 작가입니다."라고 말을 할 수가 없을 것이다. 직업이 따로 있다면 모를까 만약에 직업마저도 없이 주야장천 책을 읽고 글을 쓰면 "백수"다 그냥 백수가 된다. 하지만 책을 내고 수입이 적다고 한들 이 사람을 "백수"라고 부르는 무례한 사람은 없다. 그렇기 때문에 작가라는 말을 듣고 싶었고 작가라고 말하고 싶었기 때문에 반드시 책이 나와야 작가라고 말할 수 있다고 생각을 했다.

그렇게 해서 나는 2018년도 새해 꿈인 이호재 작가가 되었다. 나라고 해서 글을 잘 쓰거나 하지 않았다. 책을 읽어본 적도 없고, 글은 더더욱 써본 적이 없다. 이런 내가 작가가 된 특별한 비법이 있다.

"닥치고 썼다."

글을 못 쓸 것이라는 어떠한 핑계를 대지 않았으며, 오로지 글이 끝이 날 때까지 그냥 썼다. 맞춤법 그런 건 모른다. 학교 다닐 때 공부를 못했다. 공부는 나하고 안 맞는다고 여겨 안 했다. 그러니 문법도 모른다. 문법을 모르니 문장은 더욱 어색하지만 닥치고 썼다. 내가 글을 어떻게 쓰던 그건 내 마음이다. 맞춤법을 모르기 때문에 글을 못 쓴다는 핑계를 댔다면, 나는 작가가 되지 않았을 것이다. 그렇다고 책 한 권을 내기 위해 맞춤법 공부를 할 수도 없는 노릇이다.

글을 쓰는 동안 오직 글쓰기에만 전념을 했다. 글이 출판사에 선택을 받을까? 하는 고민조차 하지를 않았다. 그냥 매일 글을 썼다. 작가가 되기로 마음을 먹었고, 마음을 먹었으니 실행에 옮긴 것뿐이다. 내 글이 책이 되고 안 되고는 일단 글을 써야 알 수가 있다. 글을 쓰지 않고 책이 될 것인가, 안 될 것인가 생각하는 것은 있을 수도 없다. 지금도 [내가 나를 사랑해]라는 제목으로 글을 쓰고 있지만, 이 글이 책으로 될지 안 될지 단 한 번도 생각해본 적이 없다.

물론 생각은 할 것이다. 내 원고가 전부 마감을 하고 그때 한 번쯤은 생각해 볼 것이다. 하지만 원고가 마감되지 않은 이상 무조건 글은 써야 한다. 아무리 좋고 훌륭한 글이라도 원고지 1매로 책을 만들 수는 없다. 글이 책으로 만들어지기까지는 원고지 800매 이상에 글을 써야 만들 수 있다. 글을 다 쓴 후에 출판사에 투고하고, 출판사와 계약을 하면 책이 되는 것이고, 계약이 되지 않으면 원고만 내 손에 남아있는 것이다.

출판사의 선택을 받지 못하면 어떠한가? 물론 출판사의 선택을 받아서 책으로 된다면 더할 나위 없이 기분이 좋겠지만 그렇게 되지 않는다고 하더라고 글을 쓰고 글을 읽는 내내 내가 행복하지 않았나 생각하면 후회가 남지 않을 것이다. 어떤 작가도 돈을 보고 글을 쓰지 않는다. 베스트셀러 작가라면 많은 돈을 벌 수도 있겠지만, 대부분의 보통의 작가는 돈이 되지 않기 때문에 돈을 보고 글을 쓰지 않는다. 돈벌이 목적이라면 다른 일을 알아보는 것이 정신건강에 좋을 것이다.

또 책 한 권을 내면 얼마를 벌까? 기대를 하는 순간 아마도 한 페이지 넘기지 못하고 책은 영원히 안 나올 가능성이 크다. 책을 읽을 때 기분이 좋고 글을 쓸 때 행복해지기 때문에 글을 쓰는 것이다. 보통의 다른 취미는 돈이 들지만 글쓰기는 돈이 들지 않는다. 그냥 내가 좋아서 글을 쓰는 것이 전부라고 하면 좋겠다.

누군가를 사랑할 때가 있다. 사람은 무엇을 사랑하던 사랑을 한다. 어릴 적부터 그렇게 교육을 받았고 또 본능이다. 아내를 처음 만나서 고생이란 고생은 다 하고 살았다. 삶이 힘들어서 그때는 사랑하지 않았다. 더 정확히 말하면 사랑을 할 여유가 없었다. 하지만 지금은 아내를 사랑한다. 아내를 사랑하기 때문에 아내가 아픔을 치료하고 매일 행복해서 웃을 수 있게 도와주려고 한다. 어떠한 일에 있어 아내를 위한 것이라면 때로는 내가 손해를 봐도 괜찮다고 생각한다. 아내가 좋아한다면 좋아해 주는 것은 당연한 일이다.

내가 나를 사랑한다고 하면, 당연히 내가 좋아하는 것을 해야 하는 것이 맞다. 글쓰기가 좋고 책 읽는 것이 즐거운데 맞춤법 그런 것이 뭐가 중요한가? 내가 즐겁기 위해 글을 썼고 어떤 방법을 생각하지도 어떤 형식도 생각하지 않았다. 그냥 생각나는 대로 경험한 대로 썼다. 그럼에도 불구하고 내 책은 세상에 나왔다. 내가 대단하다고 말하는 사람이 많다. 하지만 난 결코 대단한 사람이 아니다. 지극히 평범한 사람이지만 남들과 다른 점이 있다면 핑계를 대지 않는다는 것이다. 일적으로나 다른 것에 대해서는 나 또한 핑계를 대는 사람이지만, 나를 위해서 하는 행동에는 절대로 핑계를 대지 않는다는 것이다.

내가 나를 소홀히 한다는 것은, 사랑을 거짓으로 한다는 것과 같다고 생각한다. 연애할 때 처음에는 죽고 못 살 것 같지만 시간이 지나서 점점 짜증 나는 일이 많이 생기고, 좋은 일보다 싫은 일이 많아지면 헤어지면 그뿐이다. 결혼도 마찬가지다. 한 이불 덮고 수십 년을 같이 했어도 좋은 일보다 싫은 일이 많아지면 이혼하면 된다. 하지만 내가 나를 좋아하다가 내가 싫어진다고 해서 자살을 한다는 것은 있을 수도 없는 일이다.

인생이 두 번 있다면 한 번쯤 자살하고 다시 살아도 되지만, 불행하게도 인생은 한 번뿐이 없다. 그렇기 때문에 자살하는 것은 바보 같은 행동이다. [다이어트, 상식을 깨다.]라는 책을 보면 오타 한두 개쯤은 있겠지만 일반 책과 별반 다르지 않다. 책을 내는 과정을 잠깐 이야기하자면 이렇다. 일단은 책 한 권이 나올만한 분량의 원고가 있어야 한다. 원고가 완성되면 출판사에 투고한다. 투고하고 난후 출판사에서 연락이 오면 원고 수정을 한다. 보통 원고 수정은 보통 작가가 한다.

여기서 할 말이 있다. 그럼 맞춤법도 모르고 문법도 모르는 내가 어떻게 수정을 했을까? 맞춤법을 알고 있는 사람이 일부러 틀리게 쓴다는 것은 말이 되지 않는다. 나보고 수정을 하라고 했으면 아마도 책으로 출간이 되지 않았을 것이다. 그 말은 내가 수정을 하지 않았다는 것이다. 출판사에서 많이 고생했다. 어떤 사람이 볼품없는 내 원고를 수정했는지는 모르겠지만, 진심으로 이 자리를 빌려 수고했다는 말을 전한다.

수정이 끝나면 책처럼 편집한다. 편집이 끝이 나면 마지막으로 작가가 탈고를 마친다. 그리고 인쇄가 되고 일주일이 지나지 않아 전국 대형 서점 및 인터넷 서점으로 유통이 된다.

이 원고는 내가 손수 맞춤법 수정하고, 있다. 글쓰기도 자주 하다 보면 글솜씨뿐만 아니라 맞춤법도 실력이 생긴다. 글을 쓰려면 책을 읽어야 하고, 책은 거의 완벽하게 맞춤법이 잘되어 있다. 책은 계속해서 쓸 생각인데 쓸 때마다 수고를 끼치면 안 되기 때문에 이 원고는 내가 수정했다.

내가 나를 사랑하기로 마음을 먹고 첫 번째 한 것은 다이어트다 그리고 두 번째 한 것이 작가다. 다이어트에 돈을 쓰지 않았고, 책을 쓰는 작가가 되면서 돈을 쓰기는커녕 오히려 적은 돈이지만 돈을 벌고 있다. 세 번째 하는 일이 강연이다. 책으로 행복한 삶을 살게끔 하는 방법도 있지만, 가치를 전달하는 데 있어서 강연만 한 것이 없다. 독서의 끝은 글쓰기 이고, 글쓰기에 끝은 책 쓰기 이고, 책 쓰기의 완성은 가치전달이다. 물론 강연도 돈이 들어가지 않는다. 내가 나를 사랑하는 데는 이렇듯 돈은 필요가 없다.

오직 핑계를 대지 말고 실행을 하면 된다는 것이다. 맞춤법도 모르는 나도 작가가 되었다. 그리고 지금도 작가의 삶을 살아가고 있다. 지금 행복하지 않으면 노후에 더 많이 불행이 찾아올지 모른다.

다시 한번 말한다. "내가 나를 사랑하라고"

나는 직장인이다

부자가 아닌 나는 부자를 이해 못 할 때가 많이 있다. 100억 원이 넘는 사람은 왜 더 많은 돈을 벌려고 애쓸까? 하는 생각을 여러 번 해본 적이 있다. 100억이면 평생을 일 안 해도 충분히 한 가족 먹고살 것인데 말이다. 돈이 많은 사람은 끝도 없이 돈을 보면서 사는 것 같다. 10억이 있으면 20억을 위해 살고, 20억이 생기면 30억을 위해 살고, 30억이 생기면 50억 그리고 100억 200억 이런 식으로 끝도 없이 살아가는 듯하다.

돈이 없기 때문에 나는 100억이라는 돈은커녕 1억 원에도 한참 못 미치는 가난한 나는, 만져볼 수도 없으니 얼마나 다행인지를 모르겠다. 한때 직장생활을 꿈꾼 적도 있었다. 하지만 그런 꿈을 꾼다는 것은 내겐 사치나 다름없었다. 직장생활이 좋아서 그런 꿈을 꾼 것이 아니다. 단지 직장생활은 일요일에는 일하지 않고, 빨간 날에도 쉴 수 있고, 그런 것이 부러워서 다니고 싶었던 것이다.

하지만 배운 것도 없고, 기술도 없는 내가 직장을 처음 다니면서 180만 원 정도 받을 수 있었는데, 다섯 식구가 그 돈으로 살기는 불가능하다. 가능하려면 진짜 밥 만 먹고살아야 하고, 아이들 교육은 시킬 수가 없다. 그래서 내 아이가 학원에 다녀본 적도 없고 대학은 꿈도 꿀 수가 없었던 이유다.

6년 전 직장을 다닌 계기가 있다. 아내가 술에 취해 주취폭력을 행사했고, 아내는 결국 구속 수감이 되어 같이하던 장사를 어쩔 수 없이 접어야만 했다. 그 후 난 직장생활을 했고 현재 6년째 한 회사에 다니고 있다. 처음 입사했을 당시 세금을 제외하기 전에는 200만 원을 받았다. 6년이 흐른 지금은 350만 원을 받고 있다. 세금을 제하면 310만 원 정도 된다. 첫째와 둘째가 성장했기 때문에 아내가 별도의 벌이를 하지 않아도 지금의 월급으로 충분히 살 수 있다. 물론 외벌이로 혼자 벌어서는 집을 산다는 것은 꿈도 꿔서는 안 된다.

처음 회사에 입사했을 때에는 세금 제하면 180만 원도 채 되지 않았었다. 스물두 살인 큰딸이 6년 전이면 열여섯 살이고, 둘째가 열네 살이였을 때다. 늦둥이 막내는 어린이집 다니고, 중학생 두 아이를 키우면서 180만 원 벌이는 형벌에 가까운 것이나 다름없었다.

교육을 시키지 못하는 것은 처음부터 큰돈이 들어간다는 생각에 시도조차 하지 않았지만, 아이들이 한 달에 한 번 에서 두 번 정도 통닭을 사달라고 할 때면, 돈 없어서 먹을 수가 없다고 말을 할 때면 마음이 아팠다. 한 번은 이런 적도 있었다. 급여일 이 매월 25일이다. 25일이 일요일이면 26일 날 급여가 나온다. 토요일이 25일이면 24일 날 급여가 나온다.

12월 24일은 크리스마스이브 날이고 25일은 크리스마스다. 연말이고 연휴고 쉬는 날이다. 기분이 좋아야 하는 날임에도 불구하고, 걱정이 태산 같았기 때문이다. 장사할 때는 돈을 많이 벌지는 않았지만 적어도 아이들 먹고 싶고,

입고 싶은 것은 전부 다 하고 살았었다. 하지만 외벌이 180만 원으로는 한 달을 죽어라 버티는 것이 목적이었다. 12월도 다른 달과 다르지 않았다. 직장생활을 하고 나서는 외식은 꿈을 꿔서도 안 되는 것이고 겨우 치킨 정도만 먹을 수 있는 것이다. 더구나 크리스마스이고 어린아이들은 뭐라도 먹지 않을까? 하는 기대가 보였다. 하지만 한참 성장기 아이들이라서 먹는 것이 감당이 안 될 정도였다.

다섯 식구가 마음먹고 먹으면 1인 1닭을 할 수 있었다. 지금 생각하면 이것 또한 추억으로 받아들일 수 있다. 하지만 당시에는 저렴한 통닭을 먹어도 최소한 3만 원은 필요했다. 하지만 내게는 그런 돈이 있지 않았다. 돈이 없다고 해서 다른 날도 아니고 크리스마스인데 아이들을 안 먹일 수도 없고 그렇다고 도둑질을 할 수도 없었다. 고민의 고민을 한 끝에 결국 사장님께 아이들 통닭 좀 사주게 5만 원만 달라고 했다. 그 돈을 받아 기쁜 마음으로 통닭을 사준 기억이 난다.

과거의 안 좋은 기억이 있어서 그런지 어떤 누구든 통닭을 사 먹을 돈이 없다고 하면 사주고 싶고, 여전히 지금까지도 나는 통닭을 매우 좋아한다. 집안 상황이 좋지 않음에도 불구하고, 아내는 일할 생각을 하지 않았다. 물론 지금도 하지 않고 있다. 지금은 생활비 때문에 아내가 따로 나가서 힘들게 돈을 벌 필요는 없다. 하지만 당시에는 이런 아내가 너무 한심스럽고 화가 났다.

과거에 비교하면 지금은 완전히 양반이다. 6년 전보다 월급도 100만 원 이상 더 많다. 그 당시에도 애들 학원은 보내지 않았지만 지금도 보낼 아이는 막둥이밖에 없다. 첫째 둘째는 따로 차비나 용돈을 주지 않아도 된다. 오히려 큰애들이 막둥이 용돈도 주니 내가 막둥이 용돈을 따로 주지 않아도 된다. 그렇다고 해서 요즘도 저금하지는 못한다. 여윳돈은 있지만, 처가에 도움을 주거나 아내를 위해 쓴다. 물론 나도 자기개발에 도움이 되는 것이 있다면 나에게도 쓴다.

배가 불러서 저금하지 않는 것이 아니다. 힘들게 살아봤기 때문에 가난한 처가에 십 원 이라도 보태주고 싶은 것이다. 또 나에게 쓰는 돈은 내 가치를 올릴 수 있다면, 쓰기 때문에 아깝지 않다고 생각하는 것이다. 6년 전과 비교를 하면 지금이 훨씬 안정된 삶을 살고 있다. 하지만 언제까지 내가 이런 호사를 누리면서 살 수 있을까? 생각하면 앞날이 까마득하다.

요즘은 백세시대라고 한다. 과거보다 요즘 사람은 얼굴도 젊다. 그래서 그런지 서른 살이 넘어도 노처녀라고 하지 않는다. 환갑이 지나도 할머니라고 하지도 않는다. 과거 아빠 세대보다, 지금은 스무 살을 더 건강하고 오래 산다.

지금의 다니고 있는 회사 또한 내가 오랫동안 다니지 못하는 것을 알고 있다. 앞으로 짧게는 5년 많게는 10년이 최고로 다닐 수 있는 시기가 된다. 5년 후 그만둔다고 해도 준비 기간이 5년이나 된다는 뜻이다. 미리 준비하지 못하고 있다가 그만두게 되면, 안 봐도 뻔할 정도로 내 삶이 비참해질 것이다. 그만두기 직전에 월급이 내 생애 최고의 월급이 될 테고, 그만둔 후 최저 시급으로 살아가야 한다. 또 일자리도 구할 수 있을지도 모를 일이다.

과거였다면 답답한 미래를 불안해하면서 또 일하지 않는 아내를 원망했을 것이다. 하지만 지금은 그런 멍청한 행동과 생각 자체를 하지 않는다. 현실을 있는 그대로 받아들였으니 내가 나이를 더 먹은 후에는 그만두는 것이 맞는 것이고, 그만둔 후에는 제2에 인생 2막을 살면 그뿐이다. 그러기 위해서는 또, 나 스스로가 가치를 키우면 된다. 내가 다이어트를 한 것처럼 또 작가가 된 것처럼 살아가면 된다.

많이 벌지는 못하지만 매달 다이어트 일로 돈을 벌고 있고, 또 책을 낸 작가로서 인쇄가 들어온다. 만약 이러한 돈이 지금 직장의 월급과 혜택이 비슷해진다면 잘리기 전에 내가 먼저 그만두면 된다. 아무것도 하지 않고 넋 놓고 있다가 과거를 비교하면서 후회하고 아파하고 세상을 원망하고 우울증에 빠져서 술만 먹고 살 수가 있다. 내가 과거의 해봐서 안다. 하지만 현실을 있는 그대로 인정을 하고 받아들이고 미리 준비를 한다면 결코 불행한 일이 생기지 않는다.

나 또한 역량이 풍부해서, 복지 좋은 회사에 다니고 있다면 좋았을지 모르겠다. 하지만 내 현실은 그렇지 못하기 때문에, 연차도 없는 그런 회사에 다니고 있다. 그것이 부끄럽다고 말하지는 않겠다. 회사에 잘못은 하나도 없다는 걸 알기 때문에 원망을 하고 싶지는 않다. 내가 갈 수 있는 직장은 지금의 직장이 유일했고, 복지가 전혀 없는 것을 6년 동안 모르지도 않았다. 현실을 인정하고 지금의 직장도 감사하는 마음으로 다녔고 현재도 다니고 있다. 그렇기 때문에 내가 원망을 한다면 나를 욕보이는 것이다.

만약 원망할 시간이 있다면 나는 내 가치를 키울 수 있는 일을 실천하고 있을 것이다. 백세시대다. 백세시대답게 인생 2막이 있다고 생각한다. 절망 뒤에는 새로운 삶이 기다리고 있다는 것을 너무나 잘 알고 있기 때문에 정년이 빨리 온다고 해서 슬퍼하지 않을 것이다.

나는 나를 사랑한다. 나를 사랑하기 때문에 나를 아프게 하지 않을 것이다.

당신도 당신을 아프게 하지 않았으면 좋겠다.

절반도 못 살았다

불혹이란 뜻을 보니 유혹에 넘어가지 않는다는 뜻으로 되어있다. 하지만 나는 마흔하고도 세 살임에도 불구하고, 아주 작은 유혹에도 흔들리는 것을 보면 아직도 어린아이와 다르지 않은 것 같다. 내가 초등학교 다니던 시절에는 군인 아저씨는 완전 어른 같아 보였다. 서른 살이면 완전히 아저씨처럼 여겼고, 환갑은 할머니 할아버지로 생각을 했었다. 막상 내가 마흔세 살의 나이가 되어보니 군인 아저씨는 내 아들 같고, 서른 살은 아기 같고, 환갑은 형이나 누나 같다고 생각을 한다.

어른이 된다는 것, 또 한 집안에 가장이 된다는 것은, 짊을지 는 것 같은 무게가 생기기 마련이다. 어른이 되면 행동하나에 책임이 따른다. 한 집안에 가장이 되면 어떠한 이유를 막론하고 가족의 생계를 책임져야 한다. 그것이 가장이다.

이십 년간 배우면서 성장했다. 태어나서 걸음마도 배우고, 말도 배우고, 성장통을 겪으면서 육체와 정신도 성장했다. 학교에서 한글도 배우고 간단한 산수도 배워서, 지금까지도 잘 읽고 돈 계산 정도는 할 수가 있다. 초등학교 6년, 중학교 3년, 고등학교 3년 동안 가장 크게 배운 것이 있다면 아마도 더불어 살아간다는 것이 아닐까? 세상은 혼자 살 수도 없지만 혼자 왕따처럼 살아서도 안 된다. 그 밑바탕으로 지금도 함께 살아가는 것이 아닐까 생각한다.

나머지 이십 년은 가장이 되어서 살았다. 처음 말한 것처럼 가장은 어떠한 이유를 막론하고 가족의 생계를 책임져야 한다. 그렇기 때문에 아파서도 안 되고, 죽어서는 더더욱 안 되는 것이다. 지옥이 있다면 그곳이 편했을 것으로 생각했다. 치통에 시달려서 치아를 씌우고 싶었지만, 이십만 원하는 돈이 없어서 치과 치료를 포기한 적도 있었다. 잠을 포기하고 살았던 고통은, 작가임에도 불구하고 어떤 글을 써도 전달하기가 어렵다.

하루 세 시간을 자면서 총 7년을 살았었다. 세 시간 잠자면서 사는 것이 어떤 느낌인지 알고 싶다면 딱 일주일만 해보면 알게 된다. 머리가 깨질 듯 아프고, 멍하면서 어깨가 딱딱하게 굳는다. 그 시절 잠을 잤다고 표현하기보다는 기절했다는 표현이 맞는 것 같다. 지금은 글을 쓰면서도 상상이 되지 않는다. 그냥 악몽을 꾼듯하다. 하지만 그 시절이 지금에 와서는 너무 큰 재산이 된 것 같다. 몸은 있는 대로 망가졌겠지만, 정신력만큼은 그 시절 그렇게 살았던 것이 지금의 내 정신력이 아닐까 한다.

알람을 맞춰서 일어나지 않는 것도 그때의 경험 때문이고, 지금도 잠을 많이 자지 않는 것도 아마도 습관이 그렇게 된듯하다. 아침에 눈을 뜰 때 뭉그적거리지 않고 한 번에 벌떡 일어난다. 단지 아쉬움을 굳이 찾자고 말하자면, 인생 최고의 기점인 스무 살부터 서른아홉 살까지의 젊음을 도둑맞은 느낌이랄까?

그렇다, 난 가장 아름다운 젊은 날이 내겐 없었다. 그것 때문에 아쉬웠고 그로 인해 스스로 내 발목을 잡으면서 아파한 적도 있었다.

하지만, 다시는 돌아오지 않을 과거이고, 내 삶의 가장 젊은 날이 오늘임에는 틀림이 없다는 사실이다. 젊은 과거를 생각하는 이 시간에도 인생의 가장 젊은 시간을 허비하는 것이다. 내 나이 마흔하나 일 때, 첫애가 스무 살이 되었다. 결혼생활 이십 년간 했더니, 내가 너무 아팠다. 얼마나 다행스러운 일인가? 마흔에 아파서.

만약 스물두 살이 아닌 서른두 살에 결혼했다면, 쉰 살이 되어서 아팠을지도 모를 일이다. 쉰 살에 아팠다면 더 많이 아팠을 것이다. 마흔세 살에도 정년 걱정을 하고 있는 요즘이다. 준비 없이 쉰세 살에 정년을 맞이했다면, 막둥이는 어떻게 키워야 할지부터 막막했을 것이다. 이래서 매도 먼저 맞는 것이 낫다는 말이 있는 것 같다.

이제 마흔세 살이다. 손이 많이 가는 자식이 없다. 늦둥이는 셋째다. 셋째는 나라에서 학비 지원이 나온다. 그것만도 얼마나 다행인지 모르겠다. 현재 우리나라는 셋째부터 대학교 3학년까지는 전액 무상으로 지원이 된다. 돈 들여서 애를 키우지 않아도 되니 오로지 지난 40년간 하고 싶었던 것을 하나씩 하면 된다. 아직 인생이 절반도 채 흐르지 않았기 때문이다.

이 글을 읽는 사람이 나보다 젊다면 그 또한 행복이다. 지금부터 무엇이든 준비를 한다면 미래 역시 행복한 나날이 될 것이다. 어지간하면 이 글을 읽는 사람들은 전부, 나보다 돈이 많은 사람일 것이다. 돈도 없고 나이도 제법 있는 내가, 행복하게 살아가고 있다고 책 한 권 내내 이야기하고 있다. 그러니 이 글을 읽는 당신은 나보다 훨씬 더 행복하게 살았으면 한다.

결혼으로 인해 마음의 상처가 있는 사람이 이 글을 읽거든 김성숙 작가의 아픔은 삶이 되고를 추천한다. 아픔은 삶이 되고에 내용은 대략 이렇다.

"대한항공에 입사한 여성이 한 남자를 만나 결혼을 했고, 경제적으로 어려움 없이 살다가, 빚보증으로 인해 이혼을 당하고, 아이마저 빼앗겼다. 8년 후 재혼을 하고 살다가 여행사 운영이 힘들어지자 제부의 돈까지 쓰면서, 시댁 식구에 눈초리 때문에 압박을 받았고, 잘못된 선택으로 그녀는 왼손을 잃고 만다. 그후 더 큰 절망이 고통으로 다가왔고, 온몸으로 현실을 받아들이면서, 지금은 행복하게 살아가는 과정을 그렸고, 그 후 그녀는 세상에서 본인이 가장 아프다고 생각하는 사람들을 위해 오늘도 열심히 살아간다."

행복이란 것이 큰 것을 추구하는 것이 아니다. 아주 작고 사소한 것부터 시작이 된다고 말하고 싶다. 나를 사랑했었다, 그리고 다이어트를 했다, 다이어트 이후 삶의 변화가 생겼다. 그래서 비만 친구들을 가르치면서 다이어트 선생님이 되었다. 거기에 안주하지 않고 글을 썼다. 그리고 난 작가가 되었다. 백세시대지만 인생을 절반 살았다고 가정을 해도 남은 절반이 내게는 있다.

처음 이십 년간 배우면서 살았고, 또 다른 이십 년은 가정을 위해 살았다. 인생을 살아가면서 죽는 그 날까지 배우면서 사는 것은 맞다. 하지만 의무적으로 배우지 않아도 되고 또 부양의 의무가 없으니 이제 남은 사십 년은 오롯이 나하고 싶은 대로 살아갈 것이다. 어렵더라도 내게 가치 있는 일이라고 판단이 된다면 1년이 걸리든 2년이 걸리든 상관이 없다. 남은 인생의 시간이 아깝다고 해서 아무것도 하지 않는 것은 말이 안 되기 때문에 시간은 상관이 없다.

무엇을 하던 그 과정 속에서 행복을 찾으면 된다. 내가 다이어트를 할 때 그리고 다이어트를 가르칠 때 즐기라는 말을 한다. 즐기지 않고 한다면 즐겁다고 말할 수가 없다. 내 몸이 예뻐지고 내 몸이 건강해지는데 즐겁지 않는 것이 말이 되지 않기 때문에 즐기라고 하는 것이다.

하루 살다가 죽는다면 굳이 다이어트를 왜 하겠는가? 하지만 오랜 기간 평생을 비만으로 살 수가 없기 때문에 반드시 꼭 해야만 하는 것이다. 그럼에도 불구하고, 이미 먹어본 것이고 먹으면 다이어트에 방해가 된다는 것을 알면서도, 굳이 못 먹는다는 이유로 힘들어하는 것은 무슨 핑계인지 모를 일이다. 아프고 뚱뚱한 나를 사랑하는 것보다는, 정상적인 몸으로 건강하게 살아가는 나를, 사랑하는 것이 바람직하고 가치 있는 것이라 판단이 된다. 그래서 나는 다이어트를 하는 내내 즐거웠고 행복했다. 내 몸이 점점 정상 체중으로 향해 가고 있는데 왜 즐겁지 아니한가?

새해가 되면 살 빼고 싶은 마음에 다이어트를 한다. 다이어트를 해서 살이 빠지는데 힘들다? 이 말이 이해가 되는가? 난 이해가 되지 않는다. 말도 이해가 되지 않지만, 더 이해가 되지 않는 것은 난 경험을 해봤기 때문에 더더욱 이해하려고 해도 할 수가 없다.

내가 행복해야 함에도 그 과정이 힘들다? 이 또한 말이 되지 않는다.

"술을 먹고 운전은 했지만, 음주운전은 하지 않았다."

이 말 하고 뭐가 다른가? 내가 나를 사랑하고 행복해야 하는 과정이 힘들다고 말하는 것은 어떠한 핑계를 예쁘게 포장을 해서, 남을 속일 수는 있을 것이다. 하지만 남을 속여서 무엇을 얻겠는가? 남을 속였을지언정 본인 스스로는 알고 있고 또 자신의 행복은 점점 더 멀어만 간다.

살아온 인생을 몇 년 살았는지 누구나 안다. 하지만 아무리 백세시대라고 해도 진정 몇 년이 남았는지는 알 수가 없는 것이 우리의 인생이다. 오늘 죽을 수도, 내일 죽을 수도 있다. 소중하고 귀한 내 인생이다. 억만금을 줘도 바꿀 수가 없는 것이 내 인생이다. 내가 없는 세상은 아무런 의미가 없다. 내가 있기 때문에 세상도 있다. 세상은 나를 위해 존재한다고 생각한다.

나를 편하게 이동할 수 있게 버스도 있고, 지하철도 있다고 생각한다. 나를 위해 세상 맛있는 음식도 있다고 생각한다. 이렇게 말하는 나에게 미쳤다고 말하는 이도 있을 것을 안다. 미쳤다고 생각해도 상관없다. 내 인생은 내가 생각하고 생각하는 데로 살아가면 그만이기 때문에 상관이 없다.

과거는 되돌릴 수가 없다. 현재 어떻게 사는 것도 중요하지 않다.

내일부터 계속해서 행복하게 살았으면 좋겠다.

나도 행복하게 산다

　실패하지 않은 사람이 있을까? 단언하지만 단 한 사람도 없다. 실패해서 아파할 필요도 없다. 그냥 유원지에서 공 던져서 나무토막 쓰러트리는 게임을 한 판 했다고 생각하면 된다. 인형을 뽑으려고 돈을 넣고 실패를 했을 때 대부분의 많은 사람이 웃어넘기는 것을 볼 수 있다. 실패해서 아파한다고 뭐가 달라지겠는가? 머리로는 이해가 되지만, 마음이 안된다고 말하는 사람을 봤다. 하지만 그것이 현실이다. 현실을 인정하지 않으면 어떻게 되는지 아는가? 과거에 나처럼 된다. 그것 또한 현실이다.

　있는 그대로를 받아들이고 다시 시작하면 된다. 지금 이 순간 실패를 해서 힘겹고 괴로운 사람이 있다면, 이제 그만해도 된다고 말하고 싶다. 술 마시면서 눈물을 흘리는 시간은 아무 소용이 없으며, 어떠한 해결책을 제시해 주지도 않을뿐더러, 도망간다고 해서 누군가가 대신 해결해주지도 않고, 그렇다고 해서 저절로 해결되지 않는 것이 현실이다. 그런 쓸때없는 시간에 현실을 그대로 받아들이고 본인이 직접 해결을 하면 된다.

그리고 당신이 어떤 사람이든, 어떤 문제에 직면해 있든, 해결하지 못 할 일은 없다. 당신이 문제 해결을 위해 한 걸음만 나선다면 주변에 모든 환경과 조건들이 당신을 도와줄 것이라는 사실이다. 실패는 어떻게 생각하고, 어떤 시선으로 보느냐에 따라 많이 달라진다.

내가 뚱뚱했기 때문에 다이어트를 했다. 내가 "나를 사랑해"라고 외쳤을 때 뚱뚱하지 않았다면 다이어트를 할 필요와 이유가 없었으니 하지 않았을 것이 분명하다. 다이어트를 안 했으니 다이어트 책을 쓸 생각조차 안 했을 것이다. 다이어트 책을 쓰지 않았다면, 두 번째, 이 책까지 나오지 않았을 것이다. 실패를 이겨내면, 당연히 성공이라는 것이 따라온다. 실패가 두렵다고 시작조차 하지 않는 것은 비겁한 행동이며 자신을 속이는 것이므로, 해서는 안 될 짓이다.

이미 실패로 하루하루 아파하면서 사는 사람이 있다면, 아주 작은 것이라도 좋으니 무엇이 돼 든 하고 싶은 것을 찾아 시작하면 좋겠다. 아무것도 하지 않으면 실패는 하지 않겠지만, 성공도 할 리가 없기 때문에 어영부영 시간만 보내는 꼴 만 된다. 나이가 몇 살이든 사람은 죽는다. 반드시 죽는다. 그렇기 때문에 어영부영 보낼 시간이 없다. 악착같이 살 필요는 더더욱 없지만, 소중하고 귀한 다시는 돌아오지 않을 이 시간을 대충 보낼 수가 없다.

태어날 때부터 모든 사람은 행복하려고 태어났다. 난 불행해 하면서 태어난 사람은 단 한 명도 없다. 혹시 있더라도 행복하게 살면 그만이다. 나 또한 하루 중 가장 많은 시간을 잡아먹는, 직장을 다닌다. 대부분의 직장인이 나처럼 직장생활이 행복하다고 생각하지 않으면서 산다. 회사 다니면서 행복을 느끼고 회사에서, 가는 시간이 아까워서 어쩔 줄 모르는 사람은 이미 행복한 사람이다.

하지만 나를 비롯해 대부분의 직장인은 본인의 적성에 맞는 일을 하지 않는다. 그렇기 때문에 회사 생활이 즐겁지 않을 것이다. 대기업을 다녀 본 적이 없어서, 후배 직원이 치고 올라온다는 것이 어떤 것인지 경험해 본 적이 없지만, 이것 또한 대부분이 겪고 있을 것이다. 위에서는 압박하고, 아래에서는 치고 올라온 다치면 한 번쯤 미래를 걱정해야 할 것이다.

젊은 사람들은 젊기 때문에 좀 더 오랜 기간 회사에 다닐 수 있지만, 마흔 후반이 되면 남은 기간 동안 준비를 해야 행복하게 살 수가 있다. 젊은 사람들도 마찬가지다. 본인의 가치를 미리 준비해서 나쁠 것은 하나도 없다. 하고 싶은 것이 사업이라면 저금을 먼저 하고 그 사업에 맞는 준비를 철저히 하면 된다. 선배압박에 의해 정리가 되는 회사를 다니고 있다면, 후배 미래 또한 같은 처지가 되니 더욱 철저하게 준비를 해야 할 것이다.

준비가 안 된 사람은 "내가 회사에서 어떻게 했는데?" 하면서 술을 먹고 동료 직원 붙들고 하소연하고 가족 붙들고 하소연하면서, 아름답게 느껴졌던 세상을 부정하고 원망하면서 살아갈 것이다.

하지만 준비가 확실히 된 사람은 같은 처지라 할지라도, 세상을 부정하고 하늘을 원망하는, 시간 낭비하는 일은 없을 것이며, 오히려 인생 2막을 살아갈 것에 대해 설렘을 안고 살아갈 것이다.

같은 입장에서 다른 행동이, 보이는 것은 오직 자신에게 달려있기 때문에 현실을 빨리 받아들여야 한다.

"힘센 놈이 살아남는 것이 아니고 살아남은 자가 힘이 세다는 말이 있다."

이 역시 현실적으로 대처를 했기 때문에 살아남은 것으로 생각한다. 세상도, 하늘도, 처음부터 항상 같은 곳에 있었다. 그럼에도 불구하고, 내 기분에 따라 세상을 아름답게도 보고, 세상을 부정도 하면서 살아가는 것뿐이었다. 가치 있는 일을 찾는 것만큼 가치 있는 것이 또 있을까? 뜨개질해서 마음의 평온이 찾아온다면 그것 또한 가치 있는 일이고, 블로그를 하지 않았던 사람이 블로그를 통해 마음의 평온을 찾았다면, 그 또한 가치 있는 일이다.

음악을 좋아하는 사람은, 기타를 배우는 과정에서 행복을 찾으면 된다. 세상에는 무수히 많은 가치 있는 취미가 있다. 먼저 경험을 하고 즐거움을 넘어 행복하다고 말할 수 있다면 다른 사람에게 알려야 한다. 그것이 소명이다. 소명이 생기면 평생이 즐겁고 더욱 더 많은 행복을 느낄 수 있게 된다.

세상에는 다이어트를 안 해본 사람보다, 경험해 본 사람이 아마도 더 많을지 싶다. 그리고 겨우 다이어트 한번 했다는 이유로 다른 사람을 가르치고 뭐가 대단하다고 글을 써서 책을 냈냐고 하는 사람도 있을 것이다. 그럼에도 불구하고 난 계속해서 이 길을 계속해서 정진할 것이다. 그것이 내 소명이고 내가 평생 걸어야 할 길이기 때문이다.

별거 아닌 다이어트를 했다. 별것도 아닌 걸 해서, 행복하게 살고 있고, 앞으로도 살아갈 것이다. 그러니 당신도 별거 아닌 걸 찾아 행복을 찾았으면 한다. 행복은 돈이 있어야 하는 것으로 생각했다. 작가는 위대한 사람이라서, 절대로 나 같은 사람은 꿈도 꾸지 못할 것으로 생각했다.

지금도 여전히 돈이 없지만 행복하다. 여전히 맞춤법도 모르지만, 글을 쓰고 있다. 책은 틀린 맞춤법을 찾기 힘들다. 수정을 했으니 그런 것이다. 돈이 없어서 하고 싶은 취미를 찾지 못한다고 말하는 사람이 있다면, 글쓰기를 추천한다. 글을 쓴다고 누가 돈을 달라고 하지도 않는다. 출판사에 선택을 받는다면, 많은 돈은 안 되겠지만, 돈까지 벌 수 있다. 나 같은 사람이 어떻게 글을 쓰냐고 하는 사람이 있다면 나 같은 놈도 글을 썼다고 말하고 싶다. 한글만 알면 누구나 쓸 수 있는 것이 글이다. 답답하면 왜 답답한지 글을 써도 되고, 화가 나는 일이 있으면, 왜 화가 나는지 글을 쓰면 된다. 심지어 욕을 하고 싶으면 욕을 쓰면 된다. 그래도 못쓰겠다고 하면 왜 못쓰는지를 쓰면 된다. 한마디로.

"닥치고 쓰면 된다."

이 글을 읽는 당신과 나는 다르지 않다. 나 또한 내가 글을 어떻게 쓰나? 생각한 적이 있다. 책을 읽어 본 적도 없는 내가 글은 써본 적도 없는 내가 무슨 글이냐고 생각했었다. 그런 내가 글을 쓰면서 행복하다고 말하고 있다. 어린 시절에는 막연히 작가의 꿈을 꿨었다. 하지만 어떤 식으로 글쓰기를 해야 하는지 막막했기 때문에 시작하기도 전에 포기했었다.

인생에 실패했다고 자책하고 살다가, 용기를 내어 한 발짝 내디디고 나서, 세상에서 가장 소중한 나라고 생각을 했더니, 얼굴도 몰랐던 사람들까지 나타나서 나를 도와주었다. 나 스스로가 못난 놈이라고 생각하면서 살았을 때 과연, 도와줄 사람이 나타나겠는가? 내가 나를 사랑하지 않는데 어떤 누가 도와주겠는가?

책을 한번 꼭 내고 싶다는 꿈을 이룰 수 있도록 도와준 고마운 친구가 있다. [소소한 일상, 특별한 행복]을 지은 작가 성유진이다. 먼저 경험을 했고, 내가 글을 쓰도록 소개해주고, 내가 작가로 살 수 있게 길을 안내해준 고마운 친구다.

가난뱅이인 나도 행복하게 살고 있다. 당신도 행복하게 살길 바란다.

당신도 행복하게 살기 바란다

세상에서 나보다 나를 아껴주고 사랑해주는 사람이 있을까? 단 한 사람도 없을 것이다. 내가 나를 아껴주고 사랑해주지 않는데 어떤 누가 나를 소중하게 생각해주고 아껴줄 것이며, 또한 사랑해줄까? 내가 나를 업신여기면, 남들 또한 나를 업신여기는 것은 당연할 것이다. 내가 나를 사랑하는 것은 나의 가치를 올리는 것만큼, 사랑하는 것은 없을 듯싶다.

아내는 어린 열다섯 살에 결혼생활을 하고, 현재 23년 차 나와 결혼을 유지하고 있다. 결혼생활 23년째 같이하면서, 어느덧 아내도 서른일곱 살이 되었다. 서른일곱 살임에도 불구하고 아내는 스스로 할 수 있는 것이 없다. 처음부터 내가 주도를 했기 때문에 무엇이든 처음 할 때, 혼자 하는 것을 힘들어한다. 세상을 향해 한 걸음을 내딛지 못하고 있기 때문에 세상을 두려워하고 있는 것 같다.

남자든, 여자든, 만약을 대비해서라도 자립을 할 수 있어야 한다. 아내는 내가 곁을 떠날지 모른다는 생각에 그동안 많은 심리적 고통을 받았다고 생각한다. 개가 사람에게 겁을 주려고 짖는 것이 아니고, 두려움 때문에 짖는 것처럼, 아내 또한 내가 곁을 떠날 수 있다는 불안함에 술을 먹고 그렇게 주취폭력을 행사했었는지도 모르겠다.

만약 자립할 수 있는 능력을 키운다면, 아직 오지도 않은 불안한 미래 때문에 두려워할 이유가 없다는 것이다. 아내가 스스로 혼자 할 수 있는 능력이 생긴다면, 아내 또한 과거처럼 그런 행동을 하지 않을 것이다. 세상에 한발을 내디딜 수 있도록 나 또한 아내를 위해 힘쓸 것이다.

아내가 외출했을 때, 남편들도 모든 살림을 전부 할 수 있어야 한다. 아내 또한 남편이 없더라도 스스로 혼자 살 수 있는 당당함이 있어야 세상을 즐기면서 살 수가 있다. 만약 아내가 하고 싶은 것을 하거나 일을 한다면, 처음으로 스스로 돈을 벌 테고 그럼 없던 자신감마저 생기지 않을까 생각한다. 자신감이 없던 사람에게 처음으로 "나도 할 수 있다."라는 생각이 들면 단언하건대 인생이 달라진다. 그것도 아주 행복한 인생으로 바뀐 삶을 살 수 있다.

내가 나를 위해, 하고 싶은 일이 무엇인지 먼저 생각하고, 행동한다면 반드시 좋은 습관으로 이어질 수 있다는 것이다. 하고 싶은 일을 한다는 것은 축복받은 일이고 행복한 일이다. 그렇기 때문에 어떤 핑계를 대서도 안 되는 일이고, 하고 싶은 일이니, 감사하고 기쁜 마음으로 해야 할 것이다. 마흔 앓이를 하면서 돈 걱정, 애들 걱정, 불안한 미래 걱정을 했었다. 오랜 기간 아파하다 보니 감각이 점점 무뎌질 때쯤, 있는 그대로 현실을 받아들였다. 그랬더니 돈이 없기는 하지만, 이 정도면 나쁘지 않게 잘 살았다고 판단을 했고, 더 잘 살기 위해 내 가치를 좀 더 올리는 것이 어떤 것이 있나 생각했다.

나를 위해 할 일은 너무나 많았지만, 몸이 고도비만이다 보니 건강을 먼저 생각했고, 243일 동안 다이어트를 했고, 행복했었다. 다이어트라는 세상에 첫 걸음을 내디뎠을 뿐인데, 그 후 나의 삶은 여전히 가난하지만, 아프다고 세상을 원망하지도 않고, 오히려 행복하다고 말하며, 당신도 행복했으면 하는 마음으로 살아가고 있다.

　내가 나를 사랑하지 않았다면, 여전히 뚱뚱한 몸으로 세상을 부정하고 살았을 것이 분명하다. 생각했고 실행했을 뿐인데 건강하고 행복하게 살아가고 있다.

　처음 아이를 임신하고 출산을 하면서 겪고 난 후 스트레스는 직접 경험하지 않았음에도, 상상만으로도 힘들 것을 짐작할 수가 있다. 아이는 하루에도 수십 번씩 울면서 엄마를 힘들게 할 것이고 힘든 나머지 남편이 퇴근하기만을 눈 빠지게 기다리면서, 남편이 술이라도 한잔하고 들어오면, 남편이 밉고 우울해질 것이다. 육아로 인해 힘들더라도, 힘들어하지 않았으면 좋겠다. 어차피 겪어야 할 일이고, 해야 할 일이라면 맞서는 것이 현명하다. 힘들어한다고 해서 힘이 안 드는 것이 아니기 때문에, 웃으면서 삶을 받아들이는 것이 건강에도 좋다.

　육아를 하면서, 잠깐의 틈이 있다면, 영어공부를 하거나 일본어 같은 공부를 한다면 그 또한 가치 있는 일이다. 아니면 아이를 키우면서 어떤 한 것이 힘들었는지 글을 쓴다면 더없이 좋은 일이다. 글에는 치유의 힘이 있다. 글을 쓰면 힘듦이 반으로 줄어든다. 아이를 키우면서 있었던 에피소드를 일일이 적어나가면 아이를 키우는 고통이라 생각이 들지 않을 것이다. 하루하루 쌓여가는 육아일기를 다시 꺼내어 보면, 아이도 성장하고, 엄마도 성장하는 모습이 보일 것이다. 더 낳아가 책 몇 권에 분량이 나온다. 잘 정리해서 출판사에 투고하면 작가의 삶도 살 수 있다.

아이를 임신하지 않았다면, 아이를 키워볼 일도 없을 테고, 아이를 키우지 않았다면 육아일기를 기록할 일 또한 없었을 것이다. 전업주부로 사는 것이 나쁜 것은 아니지만 주부로서 작가의 삶을 사는 것 또한 백세시대 인생에서 큰 재산을 얻은 셈이 된다.

불행은 행복과 같은 말이다. 불행은 행복에 반대가 아니라는 소리다. 행복으로 가는 길 위에 수많은 불행이 있었을 뿐이다. 불행하지 않았다면 행복이 어떤 느낌인지 알 수도 없을뿐더러, 완만한 인생은 결코 재미도 없는 인생이다. 아픔이 있다면 슬퍼하지 말고, 나에게 또 좋은 일이 다가온다고 생각하면 된다. 만약 그래도 아프다면 그 아픔을 글로 썼으면 좋겠다.

내가 아무리 아프고 힘들고 불행하다고 생각이 들면, 삶을 있는 그대로 인정을 하면 된다. 어차피 내가 인정을 하던, 하지 않던, 없어지지 않는 현실이기 때문이다. 돈 때문에 괴롭던지, 직장생활 때문에 괴로운지, 육아 때문에 괴로운지, 혹은 취업 때문에 괴로운지 상관이 없다. 스토리 없는 인생보다는, 이야깃거리가 있는 인생이, 먼 훗날에는 추억이 되고, 재산이 된다. 어차피 마주해야 할 시련이라면 당당히 맞서 싸우는 것이 보기에도 모양새가 좋다.

나를 사랑하지 않는 이유를 말하라고 한다면, 나는 어떠한 말도 하지 못할 것이다. 어떤 말을 한다고 한들 그 말은 전부 핑계에 지나지 않기 때문이다. 나를 사랑해야 하는 이유를 말하라고 한다면 지금처럼 책을 한 권을 쓰고 이어서 또 쓸 수 있을 만큼 이유는 많다. 숨도 안 쉬고 말할 수 있다. 너무 이기적으로 살아도 안 되지만, 나를 위해 나쁜 짓만 빼고는 어떤 무엇도 전부 할 수 있다.

이 글은 곧 끝이 난다. 글은 끝이 나겠지만, 글이 끝남과 동시에 당신도 행복하게 살기 바란다. 내 몸에 내 정신에 도움이 된다면 아주 작은 사소한 일이라도 시작하는 것이 좋다.

"시작은 미미하나 그 끝은 창대하리라."

성경책에서 본 적이 있는 것 같다. 세상을 부정하면서 살아갈 때는 저런 말은 내 귀에 들어오지 않았다. 하지만 직접경험을 해보니 토씨 하나 틀린 말이 없다. 겨우 나를 사랑하자고, 이기적이라도 좋으니 나 자신을 멸시하지 말고, 살아가 보자고 생각하고 나를 사랑했다. 나를 사랑하자고 마음을 먹으니 무기력증에 빠져 살던 내가, 하고 싶은 것이 생겨나기 시작했다.

하고 싶은 일이 생기면서 멈출 수가 없었다. 내가 나를 사랑함에 있어 멈출 어떠한 이유가 없었기 때문이다. 아니 멈춰 서도 안 된다고 생각했다. 오늘이 행복한데 멈추고 싶지 않았다. 그래서 그랬는지 다이어트를 할 때 그렇게 좋아하던 라면을 동료가 먹더라도 먹고는 싶었지만, 참을 수 있는 힘이 생기지 않았나 생각한다.

인생의 큰 그림을 그리고 살아가는 사람이 있다면 박수를 보내고 싶다. 나는 머리가 나쁘고, 배우지 못했고, 특별한 기술도 없기 때문에, 큰 그림을 그리면서 인생을 살아가는 법을, 아직 배우지 않았다. 하지만 아주 사소한 것부터 인생이 달라진다는 것을 경험했고, 경험해서 좋았기 때문에 앞으로도 계속해서 나를 사랑하면서, 살아갈 자신이 있고, 더 나아가 지금처럼 계속해서, 스스로 사랑하면서 살면 당신도 행복해진다고 말하고 다닐 것이다.

돈이 없다고 해서 불행한 것만은 아니다. 돈이 있다면 더없이 편안하게 살아갈 것이고, 돈이 부족하지 않다면 많은 것을 해결해주는 것은 당연하겠지만, 그렇다고 해서 돈이 없다는 핑계로 불행하다고 하면서 살지 않아야 한다. 돈이 많은 사람이 한 끼에 수십만 원짜리 식사할 때, 돈은 없지만, 행복한 사람과 라면을 먹더라도, 웃으면서 먹을 수 있다면, 라면이 더 영양가 있는 한 끼라고 생각한다.

부자도 행복하게 살아가는지, 경험하지 못해서 모르겠다. 하지만 돈이 없어도 마음먹은 대로, 살아간다는 것을 경험했다. 돈이 없어도 잘 사는 사람으로서 행복한 삶을 살아가는 것을 경험했다.

부디 당신도 행복해서 웃는 진정한, 행복한 삶을 살기 바란다.

아직 세상은 살만하다

OECD 통계를 보면 12년 만에 대한민국이 자살률 1위를, 리투아니아에 넘겨주었다고 한다. 여전히 대한민국은 자살률이 높은 2위를 차지하고 있다. 나 또한 자살이라는 극단적인 생각을 해봤다. 비단 나만 그런 생각을 하지는 않았을 것 같다. 내 아내는 생각에서 그치지 않고 실행을 했다. 다행히도 목숨을 잃지 않았다.

리틀부부로 결혼생활 23년 차를 맞이한다. 리틀부부 중 대부분이 이혼하거나, 더 나아가 아이를 방치하고, 살인까지 하는 경우도 심심치 않게 뉴스를 접한다. 그럴 때마다 같은 리틀부부 선배로써, 마음이 무겁게 느껴진다. 리틀부부의 삶은 어린 부부가 감당하기에는 상상 이상으로 고통스럽고 힘든 것을 누구보다 잘 안다. 비록 어린 시절 힘들게 살아가겠지만 버티기만 한다면 밝은 미래가 있다는 것을 알리고 싶었다. 여전히 아내는 내면의 상처가 있지만, 점점 자신감을 생기게 도와줄 것이다. 항상 물고기만 가져다주고, 잡는 법을 알려주려고 애썼지만, 이제는 물고기를 직접 잡고 싶게끔, 환경을 만들어 줄 것이다.

"내가 나를 사랑해"라는 원고는 어린 시절 어린 부부가 되어 고통 속에 살았었고, 앞이 보이지 않을 것 같은 나의 미래가 답답했었지만, 작은 생각하나, 작은 행동 하나로 인해 결코 세상이 지옥 같은 것이 아니고, 어떤 누구나 공평하게 행복할 수 있다고 말하고 싶었다. 또 상상이 아닌, 직접 경험했기 때문에 세상은 아직도 살만하다고 말하고 싶었다. 하지만 글이 끝이 나고 있는 지금 이 시점에서, 부족한 내가 과연 잘 표현을 했는지 모르겠다.

하지만 한 가지는 알고 있다. 아무것도 하지 않으면, 아무 일도 일어나지 않는다는 것이며, 어떤 누구도 시작만 한다면, 어떤 일이든 전부 할 수가 있다는 것이다. 평소 나를 생각하지 않았다. 남을 의식하면서 남의 눈에 어떻게 비치는 것에만 관심이 있었다. 하지만 생각을 고쳐먹고, 나를 생각하고.

"내가 나를 사랑해."

말해주면서부터 나의 인생은 정반대의 삶을 살아가고 있다. 평생 뚱뚱하게 살아가는 것이 내 운명이라고 생각했었다. 뚱뚱했지만, 다이어트는 남의 일이라고 생각했다. 그랬던 내가 쉽게 다이어트에 성공했나. 물론 가끔은 힘들 때도 있었지만 그럴 때마다 내가 나를 사랑하는데, 하면서 마음을 고쳐먹을 수 있었다.

내가 나를 사랑하지 않았다면, 243일 동안 다이어트에 성공하지 못했을 것이고, 다이어트 제자 또한 없었을 것이며 TV 출연도 하지 못했을 것이다. 내가 나를 사랑하지 않았더라면, 어떻게 작가의 삶을 살았을까? 꿈도 꾸지 못한 작가의 삶을 살아가는 것도 내가 나를 사랑했기 때문이다. 책을 읽어본 적도 없고,

글을 써본 적도 없는 내가 두 번째 원고를 쓰고 있다.

서두에도 여러 차례 말했지만 난 대단한 사람이 아니며, 의지라고는 하나도 없는 그런 사람이다. 담배도 두 갑을 넘게 피고, 술도 매일 두 병 이상을 먹는 의지박약이다. 소설을 쓸 만큼 머리가 좋지도 않다. 내가 겪었던 삶을 썼기 때문에 두 번째 책이 나오는 것이다. 이번 책에 주제 또한 전부 하나같이 같은 말을 하고 있다.

"나를 사랑하고 행복하라고"

나를 사랑해보고 행복하지 않다고 생각하는 사람은, 그 내용 그대로 글을 쓰면 행복해질 수 있다. 다이어트는 사람의 인생을 바꿀 수 있는 힘이 있다. 글쓰기 또한 상처치유의 엄청난 힘을 가지고 있다. 아무것도 하지 않으면서, 술이나 매일 먹고, 정신 차리기를 포기하면서 매일 눈물만 흘린다면, 글쓰기를 꼭 한번 했으면 한다.

세상은 죽는 그 날까지 살아야 한다. 스스로 죽는 것만큼 무모한 일도 없다. 그렇기 때문에 악착같이 살아야 한다. 이왕이면 행복하게 살아야 한다. 지금 당장 행복하지 않거나 오히려 슬픔에 빠져 살아가고 있다면 그 또한 행복이다. 행복은 불행을 밟고 지나가야 함으로 위기를 기회로 삼으면 된다.

과거 신문 영업을 할 때, 백군데 영업하면 한 곳을 영업에 성공할 수가 있었다. 한 곳, 한 곳 거절을 받았을 때 상처를 받았다면, 영업하지 못했을 것이다. 하지만 한 곳, 한 곳 거절을 당할 때마다 곧 실적을 올릴 수 있다는 희망을 품으면서 영업을 했다.

세상의 주인공은 나이며, 나로 인해 세상이 돌아가는 것이 확실하고, 그렇기 때문에 어떤 마음을 먹고 살아가야 하는 것은, 본인 마음에 달려있다. 자식을 위해 애쓰는 것처럼, 부모님을 생각하는 것처럼, 나 자신에게도 애쓰고 생각을 한다면, 아픔이 온다고 해서, 상처를 받지 않을 것이며, 오히려 기회로 삼고 행복한 삶을 살 것이라고 확신한다.

"남들."

의식하면서부터 불행이 시작되었고, 남들보다 못한 삶을 살고 있다는 것에 아팠으며, 세상을 부정하고, 가장 사랑해야 나를 초라하게 만들고, 아껴주고 사랑해야 할 아내를 원망하고, 욕하면서 살았었다. 남들에서 "나를" 생각하면서 살아보니 남들이 얼마를 벌고, 남들이 얼마나 좋은 집에 살고, 얼마나 비싼 옷을 입는 것이 보이지 않았다. 나를 생각할 시간도 부족했기 때문에 남들이 어떤 집에서 어떤 차를 타고, 얼마를 벌고, 얼마나 비싼 음식을 먹는지 보이지 않았다.

시간 보내기 위해 게임을 하거나, 드라마에 푹 빠져 있을 시간이 없었다. 나를 생각하면 그런 시간을 허비하기가 아까웠기 때문에 그럴 시간에 책을 읽었고, 글을 썼으며, 만나는 사람마다 당신도 책을 읽고, 글을 쓰라고 권유까지 하면서 살았다. 거칠게 살아간 인생이라 그런지, 뜻하지 않게 입에서 욕이 툭툭 나올 때도 많았다. 생각 없이 말해서 뜻하지 않게 상처를 주면서 살았다. 책을 읽고, 글을 쓰면서 언어 순환이 되어가는 중이다.

나이를 먹어가면서 거친 말은 보기에도 좋지가 않다. 고쳐야지 하면시 고치지 못하고 있었던 언어도 요즘은 많이 순환된 것 같다. 세상은 원래부터 제자리에 가만히 있었다. 그런 세상을 부정하고 욕을 하면서, 차라리 전쟁이라도 났으면 했었던 내가, 커피 한 잔 들고 먼 산을 쳐다만 봐도, 세상이 아름답게 보인다.

세상은 아직도 살만한 것이 아니라, 세상은 살아갈수록 더 아름답고 살만한 것으로 생각한다. 그렇기 때문에 내가 아는 모든 사람과 내가 모르는 사람까지 생각해서, 행복하라고 말하고 있는 것이고, 그렇게 하기 위해서는 반드시 남의 시선은 버리고 이기적이라도 좋으니

"나 자신을 사랑해."

생각하게끔 지금도, 떠들고 글을 쓰는 이유가 여기에 있다. 내가 어린 나이에 결혼하지 않았더라면, 지금도 아이들이 성장하지 못했기 때문에 독립을 못했을 것이다. 비록 과거의 죽도록 고생한 기억이 있지만, 그 고생을 했으니 지금은 비록 가난하지만, 조금은 편안한 삶을 살아간다고 생각한다. 그렇기 때문에 나는 참 잘살고 있는 사람이 맞는 것이다.

"내가 나를 사랑해, 그리고 당신이 당신을 사랑해야 하는 이유"라는 원고는 여기서 끝이 납니다. 비록 내가 경험한 이야기는 여기서 끝이 나지만, 내가 나를 사랑하고, 어떤 일을 마주하게 되더라도 아픔을 기회로 삼고, 과정을 행복으로 즐기면서 살아간다면, 소중하고 귀한 시간을, 헛되이 보내지 않게 될 것입니다.

과거에도 그리고 현재에도, 가난뱅이인 내가 비록 과거에는 불행하게 살았지만, 나를 사랑한 후 행복한 삶을 살고 있습니다. 이 글을 읽은 모든 사람이 과거의 어떻게 살았던, 지금 당장부터 행복했으면 합니다. 그리고 먼 훗날 좋은 세상에서 신명 나게 놀다 갈 수 있다고, 그래서 행복했다고, 말할 수 있는 사람이었으면 합니다.

책 제목처럼 "내가 먼저 나를 사랑해"라고 말하고, 바로 행동을 했으면 합니다. 나를 업신여기지 말고 위대하고 또 위대한, 소중하고, 귀한 사람이, 당신임을 잊지 말고 살았으면 합니다. 본인 스스로를 사랑한 후 만일 버거울 정도로 삶이 행복해진다면, 말하십시오.

"세상은 아직도 여전히 살만하다고."

그리고 행복하라고 전도를 하셨으면 합니다. 아직은 가난하지만 그래도 행복하기 때문에 언제고 보다 편안한 삶을 살 수 있다는 기대가 있습니다. 비록 죽는 그 날까지 가난하게 산다고 해도, 세상을 원망하거나 아파하지 않겠습니다. 소중하고 귀한 이 시간을 행복하게, 그러면서 잘 살았으니, 그걸로 만족할 수 있습니다.

또한, 이 글을 쓰면서 책으로 나오지 않는다고 해도 상관은 없습니다. 글을 쓰면서 매일 행복했습니다. 또 누군가가 이 글을 읽고 아프지 않고 행복할 수 있다는 상상만으로도 행복했습니다. 내가 행복했으면 그걸로 만족합니다.

내가 나를 많이 사랑해~

당신도 당신을 많이 사랑해~ 했으면 합니다.

2018년 5월 꽃피는 봄에 원고를 마치며
작가 이호재

마치는 글

지금은 행복하다고 말할 수 있다. 하지만 사람이 언제까지 행복할 수만은 없다는 것을, 너무나 잘 알고 있다. 그렇다고 해서 만일 불행한 일이 생긴다고 해도, 과거처럼 아파하거나 세상을 부정하고, 원망하면서, 살 일은 없을 것이다. 세상을 많이도 부정해봤고, 그로 인해 아파서 울어도 봤다. 하지만 달라지는 것은 하나도 없었기 때문에 소중하고 귀한 시간을 허비하지 않는 대신 있는 그대로를 받아들이고 세상과 맞서 이겨낼 것이다.

세상 수많은 사람 중에서, 오직 나는 유일무이한 존재이며, 사랑을 받고, 축복 속에서 살아갈 자격이 충분히 있는 나이기에 내가 나를 아껴주고, 사랑하면서 살아간다면, 어떤 위기가 찾아오더라도 웃으면서 맞이할 것이다. 그렇기 때문에 알리고 싶었다. 처음 다이어트를 했을 때 엄청난 돈을 지불하면서까지 다이어트하고, 이후 요요가 오는 것에 아파하는 사람이 없었으면 하는, 마음과 다르지 않았다.

나 같은 가난뱅이도 나를 사랑하면서부터, 돈이 없어도 행복하다고 말하면서 살고 있는 요즘, 부자가 잘 사는 것이 아니고, 가난하더라도 행복하게 살수만 있다면, 그것이 잘 사는 것으로 생각했고, 행복 또한 돈으로부터 시작하는 것이 아니고, 나를 사랑하는 마음에서 시작된다는 것을 말하고 싶었다.

불안한 미래가 걱정된다면, 나를 사랑하고, 나를 사랑하기 때문에, 자신의 가치를 올렸으면 하는 마음을 전하고 싶었다. 내 가치 또한 어떤 누구도 대신 올려줄 수가 없고, 오직 나 자신 스스로 올려야 한다는 것이다. 그렇기 때문에 나를 사랑하면, 가치를 올려야 하는 생각과 동기부여가 될 것이다.

내가 나를 사랑하는 것은, 로또를 맞는 것보다, 장기전으로 본다면, 잘 살 수 있는 것은 물론, 금전적으로도 더 많은 부를 얻을 수도 있을 것으로 생각했다. 나를 미워했을 땐 헛된 시간으로 소중하고 귀한 시간을 허비하면서 살았었다. 하지만 나를 사랑하면서 헛된 시간을 보내지도 않는다. 나를 사랑하면 하루하루가 소중하게 생각이 든다. 그래서 더더욱 허투루 살지 않는다.

알코올중독에 세상을 부정하고, 화를 가라앉히지 못하고 살았던 가난뱅이인 내가 직접, 겪으면서 경험을 통해 깨달았다. 나를 사랑하면서 30kg 감량을 했고, 직접 경험한 다이어트를 알리기 위해 '다이어트, 상식을 깨다'를 지어 작가가 되었다. 사람의 불행이 한순간에 찾아올 수도 있다. 하지만 행복 또한, 마음을 먹으면 한순간에 찾아올 수 있는 법이다. 그 한순간이 "내가 나를 사랑해"라고 했을 때 찾아왔다. 그래서 알리고 싶었다.

가난한 놈이 무슨 행복을 이야기하며, 더 나아가 누구에게 행복하라고 말하느냐고 묻는다면, 돈이 없고 지금은 가난하지만 그래도 행복하게 살아간다고 말하고 싶고, 당신은 왜 나보다 돈이 많음에도 행복하지 않느냐고 물을 것이다.

책을 내려면 책 분량의 맞는 원고가 필요하다. 아무리 천재 작가라 할지라도, 단 한 장의 원고로 책을 낼 재주는 없다. 아무리 경치가 멋진 산을 정상까지 올라갈 수 있는 방법 또한 한 걸음부터 시작이 된다. 아무리 엄홍길 대장이라고 할지라도 동네 뒷산에도 한 걸음부터 올라간다. 그 사람이라고 해서 한 번에 정상에 오르는 특별한 비법은 없다.

행복 또한 다르지 않다.

한 걸음부터 시작이 된다. 처음 나를 사랑하는 것이 어색할 수 있겠지만 시간이 지나면 자연스러워진다. 처음 "호재야 사랑해"라고 했을 때 손발이 오글거렸다. 하지만 지금은 그 말을 하지 않는 날이 더 어색하다. 내가 나를 사랑하면, 세상 모든 이가 사랑을 줄 것이다.

하지만 내가 나를 미워하면 세상 모든 사람 역시 나를 미워하거나 업신여기게 된다. 인생이 두 번만 있다면 한 번은 대충 하고 싶은 데로 살아보라고 권유를 하겠지만, 오직 인생은 한 번뿐이 없고. 사람은 반드시 죽게 된다. 오늘 하루 헛되게 보낸 것이, 죽기 직전에 부메랑이 되어 돌아올 수도 있기 때문에 지금부터 행복하라고 말하고 싶었다.

나를 사랑하면 반드시 인생 2막이 시작된다. 지금도 행복하게 살고 있다면 상관없겠지만 지금 당장 사는 것이 힘들고 괴롭다면 밑져야 본전이니 "내가 나를 사랑해"라고 큰 소리로 말했으면 한다. 그 말하는 것도 물론 돈이 들어가지 않는다.

각자 본인의 삶은, 세상에서 소중하고 귀하며, 어떤 한 물질보다 값진 것이다.

내가 있기 때문에, 세상이 있다는 말을 잊지 않았으면 좋겠다.

아침에 눈을 뜨면 나부터 사랑하자.

2018년 늦가을 탈고를 마치며